論創ノベルス

乃井探偵社は今日も倫理観ゼロ

Ronso Novels 013

安萬純一

論創社

目次◎乃井探偵社は今日も倫理観ゼロ

第一章　無謀な依頼　5
第二章　出自の迷い子　86
第三章　拡散する殺意　144
第四章　クロスエンド　205
第五章　持ち札の開示　265

第一章　無謀な依頼

1

リースタイル決勝に残ったのは真下初音《ましたはつね》を含めた五人だった。女性は初音ひとりだけ。

大会係員たちが決勝用コースの最終チェックを行っているのが見える。

風が初音の前髪を揺らせた。たいした風量ではない。競技への影響はほとんどないだろう。初音はショートカットの髪型なので結ぶ必要もない。

天気も上々だ。何より湿度が低いのが助かる。前回は二年前だが、途中で雨が降ってきたのに閉口した。雨が降ると、走るにも飛ぶにも格段の抵抗が加わるうえ雨粒が目にも入ってくる。といってゴーグルをすると視界が著しく妨げられてしまう。

足元がおぼつかない場所へ飛び降りるのに、視界が不十分なのは非常に危険だ。濡れているとヴォルト（手を使って障害物を乗り越える）の際も、思い切った動きができない。

「ダンテスさん、また一緒ですね」

近づいてきた男が初音の使っているネームで話しかけてきた。隣のベンチに腰を下ろす。去年も決勝で一緒だった男。ディーンというネームだ。去年も話しかけてきて、本名が海谷《うみたに》だと教えてきた。ディーンは好きな俳優から取ったのだとも。

初音は本名を教えなかったし、ネームの由来もいっていない。だいいち自分でつけたのではないからわからない。出資者である所長が勝手につけたのだ。何から取ったのか聞いてもいない。

「すごいですねダンテスさんは。今年もいい勝負ができそうだ」

予選では初音がトップだった。それはゆるされている。

ただ、決勝で初音が優勝することはない。こういう大会であっても、優勝者は注目を浴びる。それは禁止されているのだ。所長は「職業上」といっている。だから初音は、空手を習っていたときも黒帯は取らなかったし、ボクシングでどれだけすすめられても試合には出なかった。名前や顔が知れわたることは極力避けてきたのだ。

この試合に出るのは、匿名のまま出場が可能だからである。

もっとも初音にも売名欲などない。有名になりたいとか賞金が欲しいなどと思ったこともない。所長にすすめられるがまま、さまざまな競技に手を出してきた。空手、水泳、ボクシング、ボルダリング。格闘技と個人競技を交互にという感じだ。

楽しくなかったわけではない。初音はそれらの競技を大いに楽しみながら身につけてきた。向いていることは自分でも最初からわかっていた。「あんたの体は全身バネだわ。だから絶対にやるべきなのよ」そう所長はいった。「一緒に忍び込んだとき、はっきりわかったから」

「今年は靴も完璧ですね」海谷が初音の足元を見ながらいう。そうだった。初めてだった前回、よかれと思ってバスケットボール用のシューズを履いてきた初音に、海谷がアドバイスしてくれたのだ。

バスケットシューズはジャンプのあと着地したときのショック吸収という点はすぐれているのだが、底が厚すぎるため走るとき地面との接地感覚がつかみにくいという弱点がある。また靴自体の柔軟性もいまひとつだ。理想的なのは、靴底のソールが爪先まで伸びており、先端にしなりがあることで地面や壁を蹴る動作がやりやすく、また爪先の部分が軽く折れるくらいの柔らかさがあることだ。着地や蹴り出しのときの伸び縮みが適度にあり、フィット感にブレの生じない物ならなおいい。

初音が今回用意してきた靴は、アッパー部分にポリウレタン弾性系のスパンデックスを使用し、ソールには滑り止め加工、さらに靴紐がゴム製で、足へのフィット感が自分で調節できる、これ以上ないほどのすぐれ物だった。

そうした靴への知識を与えてくれたことを思い出し、初音は不愛想な表情をゆるめ、「そちらも頑張ってください」といった。

するとたちまち相好を崩した海谷がベンチ上で体を十センチほど寄せてくる。

「競技について話したいんだけど、終わったあと時間ある？」

ちょっと愛想よくすればたちまちこれだ。初音は表情を消し去り、

「仕事があるんで」と応えた。

「ああ、そう。でもじゃあ、今度いつか――」

それには応えず、初音は遠くのコースに目をやった。

今回の舞台は多摩丘陵にある工場の跡地だ。タイヤかなにかを作っていたそうだ。

目玉になるポイントは、並んで立つ倉庫群だった。学校の体育館ほどの大きさがあり、円弧を描く屋根が光沢を放っていていかにも滑りやすそうに見える。あの上を走り抜け、屋根から屋根へと飛び移る。自分がそうするところを想像するだけで心が高揚してくるのを初音は感じていた。

出場するのはスピードトライアルなので余計な宙返りなどはやらない。

パルクール――走る、飛ぶ、登るといった移動を主体とする、フランスで始まった競技。

最大の特徴は、靴以外の道具を使わず自分の身体能力だけで都市や自然環境の中をなめらかに駆け抜けること。走る、飛ぶ、登るの基本動作に加えて、壁や地形をいかして飛び移る、飛び降りる、回転して受け身を取るといったダイナミックな動作が繰り返し行われる。高度なアクションが要求されるエクストリームスポーツのひとつだ。

評価のポイントとして、創造性、技術性、危険減点といったほかのエクストリームスポーツ同様の基準に加えて、流動性、すなわち途中で止まらないことが大きく評価される。

また、たんにアクロバティックな動きができればよいのではなく、そこでその技を使う必然性が求められる。加えてオリジナリティとミスなくコントロールできているかも見られる。

この、初音が足を運んだ大会はしかし、二〇一四年に発足した日本パルクール協会が主催するものではない。そういう正式な大会では、建物の天井から天井へ飛び移るなどの危険なことは行われないし、また廃工場を使うなど、たとえ所有者や地権者から使用許可を得ていたとしても危険な場所としてゆるされない。

これはいわばウラの大会なのだ。

だから、いま会場の両脇に集まりつつある観客たちは、一切の撮影録画を禁止されている。SNSなどに投稿されればたちまちクレームがくるからだ。ルールを破る者が出たらあっという間に大会ごとなくなるだろう。

決勝二十分前の合図が鳴った。初音たち選手がスタート地点へと移動を始める。

思い思いの格好をした五人の選手たち。音楽もかからなければ記念撮影もない。それぞれが手足の関節を伸ばしたり靴紐をチェックしながら時間の経過を待つ。

大会役員の男が近づいてきて注意事項を説明した。ジャンプが想定される場所には一応マットが敷かれてあるもののケガの発生は完全には防げないこと。必要となれば救急車はこちらで呼ばせてもらう。事前に承諾書にサインいただいたとおり、治療費の請求等は受け付けない。訴訟を起こすのはむろんご自由だが、以降の大会参加ができなくなる。ほかの選手への迷惑行為が発覚した場合、参加資格を失う場合がある。今後も大会が継続されるよう、どうかご協力をお願いする——。

うなずいて同意を示した五人の選手が横一列にスタート位置についた。

初音は前方に視線を向けた。三十メートル先のコンクリートブロックが最初の障害物だ。どうするか細かいことは考えない。勢いと流れを止めないことがなにより大事な競技。考えている時間などない。自分の能力を信じて、その場その場で肉体が瞬時の判断を繰り返していくだけだ。

「用意——」スターターの人間がピストルを上に向けた。五人が構える。初音にはもう硝煙の匂いが感じられる。

スタート！

パンッという乾いた音と同時に前に飛び出す。目と足が、自然と地面の安定していそうなコースを選んでいく。全員がほぼ同じコースを進み、一列になる。初音は三番手だ。

コンクリートブロックが迫ってくると一番手の選手のスピードが上がった。同じ地点で次々にギアが上がる。

二番手以降の選手の脳裏には、すぐ前を行く人間が転倒するかもしれないという危惧が生じる。その場合も一瞬でどう動くか判断しなければならない。

選手が次々にコンクリートを蹴った。一挙に動きが二次元から三次元に変化する。一回、二回蹴って向こうの壁の上でさらに力強く蹴る。両足が建物の上に着地した。

勢いを殺さず走っていく。喉から胸に抜けていく冷たい空気と視界いっぱいに広がる青い空。アドレナリンが全身を駆け巡っているのがわかる。

どんなスポーツでも大なり小なり高揚感は味わえるだろう。だがパルクールでのそれはまた格別なものだ。初音はまるで、ヒョウとかチーターとか、べつな動物になったような気持ちになる。人間よりはるかに敏捷で運動能力の高い生き物。

ここでは、誰も自分をつかまえられない。誰も自分の自由を奪えない。

もう周りの選手も目に入らなかった。

横に並んだふたつの倉庫が迫ってくる。両方の外側に非常階段がついており、間は一・五メートルほど。もちろん階段を上るようなことはしない。

先頭の選手が建物の間に進み、右に向かってジャンプする。縮めた右足でそちらの階段の手すり部分を蹴り、続いて反対側の手すりを蹴る。そうやってぐんぐん壁面を上っていく。

ほかの選手も続いた。初音もジャンプしながら上を見る。階段の手すりのほかに利用できそうな物としてエアコンの室外機が見える。ただ、体重をかけても大丈夫なのかどうかはわからない。

初音の前をいく二番手の選手のリズムが変わった。勢いを増すために横にある室外機の上に飛び乗り、より力強い蹴りを繰り出そうとした。

その瞬間、ガクッと大きな音が響き、室外機が設置してある台ごと斜めにかしいだ。

「うわっ」

二番手だった選手が叫びながら階段の中に身を投げ出す。初音の顔面すれすれを斜めに落ちていく。

初音は上しか見ていなかった。先頭の選手との間。二番手がいなくなったことで初音の使えるスペースの自由度が上がる。初音は足にいっそうの力を込め、左右にある手すりの縁を次々に蹴っていった。

一番上の階段を蹴り、庇《ひさし》の部分を蹴って、遂に倉庫の屋根に出る。先頭の選手を追って走り出す。

屋根は大きく弧を描いている。ここを駆け抜けた勢いを使って次の倉庫へ飛び移るのだ。靴底に滑り止め加工がされてないと相当危険だろう。上る方はともかく下りで勢いをつけるのはかなりの恐怖をともなう。

先頭の手足の長い選手が大きなストライドで曲面上を走っていく。スピードを緩めず、屋根の縁から飛んだ。初音も最後の数歩を全力疾走し、飛ぶ。

一秒、二秒、体が空中を滑空する。

着地し、再び走り出す。同じことを繰り返す。

流れ出すアドレナリンが全身に快感をもたらしてくる。まるで鳥になった気分だ。こんな快感がほかにあるだろうか。

バシンと音を立てて両足が次の屋根につく。すぐさま走り出す。屋根のうねりを越えて下降しながら勢いをつけ、再び飛ぶ。

所長である乃井冬子《のいふゆこ》の顔が脳裏に浮かぶ。いろいろあるけど、これほどのことを味わわせてくれたんだ。取り合えずゆるしてやろうかという気になる。

最後のジャンプのあとは下りが待っている。このディセントと呼ばれる高所からの下りこそ、初音が練習したかったところだ。階段の手すりを左右交互に蹴っていくのは同じだが、向きが逆だと膝にかかる力は倍以上になり、恐怖は三倍にもなる。

最後のジャンプの時点で、初音の体は先頭の選手に並んだ。海谷だ。ちらりとこちらを見る。口元を緩めたのかもしれないが、初音はほとんど見ていなかった。

初めて勢いを落とす動きが出る。そのままのスピードで下りに入るわけにはいかない。一番上に見える手すりめがけて飛び降りる。右、左、緩めてはいても、着地するたび膝に全体重がかかるのは一緒だ。さらに容赦ないGの上乗せがある。

あらゆる物が急速に迫ってくる。まるでこのまま地面に叩きつけられ、そこを突き破って下にある地獄へ吸収されてしまうような気がしてくる。先ほどまでの高揚感から打って変わって冷たい恐怖が押し寄せてくる。手の平が、足の裏が、下腹が冷たい。冷気が全身を貫くようだ。

制動をかけたくなる気持ちを抑えつけ、交互に足を繰り出す。とうとうべつな建物の屋上に着地する。初音が最初だった。初音は両手をついた。

前に走り出そうとし、ふたたび両手をつく。

ようやく立ち上がるが、左足をひきずる。

まだ海谷は着地しない。

足を引きずりながら五歩ほど進んだところで、べつな選手に抜かれる。そのあとようやく海谷が初音に並ぶ。

「大丈夫？」

話しかけてくる海谷も痛そうな顔をしている。どこかの手すりで踏み間違えでもしたのだろう。もう勝負をあきらめている顔だった。

初音は黙ってうなずき、前に足を出した。


三位の選手までが表彰を受ける。表彰台もなく華やかさを排した終了式が行われる。主催者による簡単な表彰のあと、来年も是非《ぜひ》参加して欲しい旨の呼びかけが選手一同に向けて送られる。

それらがすむと初音は荷物を持ち、左足を引きずりながら歩き出した。やはり怪我を負ったらしい海谷も近寄ってこない。

選手のために設置された脱衣所で着替えているとスマホの振動音が聞こえた。

「終わった？　一時間後に依頼人」

同僚の滝上《たきがみ》ゆかりからだった。

外に出て歩き出す。特に誰からも注視されていないのがわかるが、いくらなんでもここからではまずい。駅までの送迎バスに乗り込む。

イヤホンとサングラスをつけた初音に話しかけてくる者はいなかった。

電車を乗り継ぎ、都内二十三区のすぐ隣にへばりつくように存在する祖師谷市にある事務所に向かう。

電車を降り、つけてくる人がいないことを確認してからようやく足を引きずるのをやめた。何年か前に観たアメリカのサスペンス映画のポスターを思い出した。点々と続く斜めの足跡に続くまっすぐな……。

2

乃井探偵事務所は女性専用を謳《うた》った探偵事務所だ。所員の三人ももちろん全員女性である。

探偵事務所に仕事を依頼するのは、特に女性にとってはハードルが高い。事前に評判を調べられるようになってから少しは変わったようだが、いい加減な仕事しかせず料金だけふんだくるところもいまだ少なくないし、大概の依頼人がある程度裕福なこともあって、仕事上知ったネタを使ってあとから依頼人をゆする探偵も存在するのが現実だ。

また、女性ならではの悩み事を男性に話しづらい人も多いはずで、女性専用を掲げる探偵社がいつからできたのか定かではないが、いまやネット検索をかければかなりの数がヒットする。女性専用を看板にチェーンで全国展開している大手もあるほどだ。

今年二十三になる滝上ゆかりは乃井探偵事務所に勤めて二年になる。二十九になる所長の乃井冬子とはそれぞれの母親が姉妹という関係である。乃井の母がずいぶん前に亡くなったこともあって、乃井がゆかりの家に住んでいた時期もあり、ふたりは自然と親しくなった。

高校を出たあと務めた会社を辞めて、これからどうしようかというときに、自分の仕事を手伝わないかと誘われ、勤め出した。もうひとりの所員である真下初音は自分よりふたつ年下だが事務所では先輩にあたる。初音は高校を中退してすぐに働き出したのだ。

祖師谷市にある雑居ビルの三階に入っている事務所のドアが開き、初音が無言で入ってきた。時間は三時五十分。依頼人が来る十分前だ。部屋は十畳ほどの広さがあり、パーティションなどで仕切られたりはしていない。入ってすぐ横にゆかりのひとり用デスクがあり、所長のもっと大きいデスクが奥にある。部屋の中央にある面談用の応接セットには落ち着いた風合いの革張りのソファがついていて、この事務所の中で一番お金がかかっている。

(遅刻しない。寄り道してきたことほぼなし)

ゆかりはデスクの上に広げた小型ノートに手書きで書きつけた。

青のジーンズ姿の初音が奥の部屋へ着替えにいく。その間、所長との間にちらりと視線を交わしたようにゆかりには見えた。

（所長との初音の間にある微妙な緊張感。ふたりの、自分との間にはないもの）

ゆかりは思いついたことを何でもメモに取る。スマホも、ボールペンもシャープペンシルも使わない。鉛筆でだ。小さな鉛筆削りがデスクに常備されている。業務に関することはすべて目の前にあるノートPCに打ち込むのだが、それ以外の雑感は手書きで書かないと気がすまない。特に人のプロファイルを作成するのが大好きだった。いや、やらずにいられないというのが正しいかもしれない。だからお客が訪れたときは大忙しだ。キーボードと手書きを目まぐるしく切り替える。

鉛筆を使うのは、捨てられない性格が起因しているとわかっている。小学校の入学祝いなどでダース単位でもらった鉛筆を使い終わらないまま、人は大人になる。途中でシャープペンシルに切り替わるからだ。ゆかりの場合もそうだった。大人になり持ち物を整理したとき、未使用の鉛筆がたくさん残っていることに気づいた。

また、親戚の家などでそうした未使用の鉛筆が箱ごとあったりすると、ゆかりはそれらをもらってきた。きっと捨てられてしまう未使用の鉛筆たちが不憫に思えてならなかったからだ。いまやゆかりの手元には鉛筆が大量にある。生半可な使い方では死ぬまでに使い切らないだろうと思えるほどだ。

雑感をノートに書きつけるのはだから、ゆかりにとっては趣味と使命感を満足させる行為なのだった。

乃井所長と初音は、こうしたゆかりの行為に何も関心を示さなかった。初音はもともとゆかりが何をどうしているかほとんど気にしない。所長の方は最初のうちこそ興味を見せていたが、すぐに見向きもしなくなった。

そうはいっても、一緒に過ごすことの多いこのふたりのことを何よりたくさん書き込んでいるわけだから、ゆかりは自分が部屋を出るときには必ずノートをデスクの鍵付きの引き出しにしまうことにしていた。

いざとなれば、所長はデスクの鍵など針金一本で簡単に開けてしまえるだろうし、初音なら力づくでこじ開けてしまうだろう。けれど普段示している無関心ぶりからして、どちらもそこまでするとは思えなかった。

乃井所長がいった。

「いいわね。マル暴が一緒に来ても平然としてるのよ」

今から来るお客は、問い合わせの時点で名前を名乗った。久能純子《くのうじゅんこ》、エステサロン経営、四十九歳。事前に名前を教えてもらった場合、どんな人物か調べる。一般的にわかることはゆかりが調べるが、そこから先は情報屋や警察関係へのコネを使って所長がやる。結果わかったのは、今日のお客の夫はマル暴、すなわち暴力団関係者だそうだ。夫が竜胆会《りんどうかい》という暴力団の幹部だという。

乃井探偵事務所は女性専用で、基本男性の依頼は受けないことにしており、お客としてやってくるのも女性ばかりだ。だが中には男性を同伴してくるお客もいる。夫だったり、その他いろいろな関係の男性たち。もちろんヤクザだからといって入室を断るわけにはいかない。

ただそういう相手の場合、内容によって依頼を受けないという選択肢を取ったとき、あるいは調査に失敗したとき、どうなるかゆかりは心配だった。

少なくとも所長は普段と変わらない様子に見える。

ゆかりは立ち上がり、窓の近くに行った。

事務所はほかの同業者と同様、ビルの三階にある。家賃の高い一階に事務所を構えている探偵など皆無といっていいだろう。

下の通りに白い車がすべるように進んできて、パーキングメーター脇に停まった。助手席側からスーツ姿の女性が降りたつ。メーターには見向きもせず、この建物の入り口に向かって歩いて来る。

「いらしたみたいです」

いいながらゆかりは自分のデスクに急いだ。

(時間は守る)

お客のプロファイル作製はもう始まっていた。

インターフォンが鳴る前に、着替えた初音も戻ってきた。濃い緑色のスウェードのブルゾンにブラックジーンズ。現場担当であることがひと目でわかる服装だ。ゆかりと所長はスーツ姿である。

誰のことも平気で「あんた」と呼ぶのをやめない初音がお客と口をきくことはまずないが、お客が最初に訪れるときはできる限り三人全員で会う。ルールを作った所長によれば、人の第一印象を共有しておくことが大事だからだ。それがときに仕事の成否を左右する場合すらあるという。

インターフォンが鳴ると、ゆかりがドアを開けて出迎えた。お客はひとりだった。運転手は車で待つらしい。

所長も立ち上がって挨拶する。ゆかりがお客をソファセットの方にいざなううちに所長もそちらへ移動する。初音は下がった位置で立っていた。

「久能です」

「はじめまして。所長の乃井と申します」

所長がお客の正面に座って自己紹介を返し、ゆかりはお茶を入れる。

（太く自信のある声）

お茶をお客の前に出すと自分のデスクにもどってノートに書く。

「ご用件をお聞きします」

乃井がいった。

（所長の声：普段のお客のときより若干緊張が含まれる）

「娘を殺した犯人を見つけて欲しいの」
久能純子がいった。

3

〈殺人被害者の母親〉

乃井の表情はまったく変わらなかった。三日前、祖師谷市内で殺された久能恵美利《えみり》の名前を知らない市民はいない。市内で起きた殺人事件は七年ぶりのことだった。このお客が被害者の母親であることはもちろん三人とも知っていた。

問い合わせの電話を受けた場合、ゆかりは必ず相手の名前を尋ねる。ここで名前を隠したりでたらめな偽名をいうような人は、実際に来ることは少ない。また、名前だけで自分のどれだけの情報が知られてしまうものなのか、普通の人は知らない。

ただ、このお客はそんなことはわかった上で名乗ったように思える。なにしろ夫がマル暴だ。情報に関する知識は一般人をはるかに上回っているだろう。

「恵美利さんのことですね」乃井も知っていることを隠そうともしなかった。

〈調査能力の誇示〉

過ぎた表現だ。ゆかりは書いたばかりの言葉を消しゴムで消した。コストコで買った三十六個入りのやつがまだ大量に残っている。

（無能でないことを表明）せいぜいこんなところかな。

うなずいた相手に対し、所長が当然と思われる質問をした。

「なぜ警察ではなくこちらへ？」

「警察じゃ駄目だからよ」

そう訊かれることは想定していたらしく間髪入れずに答える。

（警察への不信？　夫の職業柄か）

「私は、いえ私と夫はこの三日間、警察の捜査を見守っていたわ。その結果の判断よ。なにも進展していない。このままじゃ到底見つけられそうにないわ。だから独自に手を打つことにしたのよ」

（反論を寄せ付けないものいい）

「ご存知かと思いますが、殺人犯の捜査などを警察以外の人間がやることは認められていませんん」

（所長の建前）

「もちろん承知でいってるのよ。

成功報酬制ってあるわよね。それでいいかしら。警察より先に見つけて私に知らせること。できたら百万払うわ。もちろん必要経費はべつで」

料金の種別まで知っている。やはり只者ではない。

成功報酬制というのは案件の性質により探偵側が相手に表示する料金の取り方だ。通常の調査だと時間料金制か事務所独自のパック料金制が適応されるのだが、たとえば家出人の捜索のような、見つけられたかどうか結果がはっきりする案件の場合、成功報酬制を取る場合が多い。成功すれば報酬を払うが、失敗すればゼロ。失敗した場合、必要経費の支払いすら拒むお客がいる。

さすがに乃井も即答しない。警察捜査を出し抜くというモラルの問題よりなにより——。

(所長のプライド。すぐにハイハイじゃ尻尾振ってるみたいだもんね)

「うちのことをどこでお聞きになったか、お尋ねしてもよろしいでしょうか」

乃井がいった。

(所長、論点をずらす。返答に困ったわけじゃない。すぐに返事したくないため、よね)

「佐巻瑞洲《さまきずいしゅう》っていう占い師に教えてもらったわ」

「わかりました。お引き受けする方向で検討させていただき——」

「いま決めて欲しいの。できなければほかを当たるわ」

きっぱりしたいい方で久能純子がいう。本当にそうするわという意思がにじみ出ている。

(受ける方に賭ける。所長の遵法精神、あるように見えて限りなくゼロだから)

「お引き受けいたします」表情を変えずに乃井がいう。

「うちら全員、警察に逮捕されるリスクが出てくるんだよ。それじゃ安すぎるよ」

突然、部屋の隅から初音がいった。腕組みをして立っている。

「わかったわ」

初音の方を見ながら久能純子がにやりとした。

「お三人さんいらっしゃるようだから。三百万でどうかしら」一気に三倍に跳ね上がる。

（うっそみたい。なんてコスパのいいお客）

「では契約の方に移らせていただきます」

乃井がいい、ゆかりが引き出しから契約書用紙を出してソファに向かう。お客の正面に立ってから用紙を差し出す。久能純子がしばらく用紙に目を落とした。

「この報告書の提出ね、できれば毎日いただきたいわ」

「わかりました」

（あちゃ〜、私の仕事が増える）

席に戻ったゆかりが書き込む。

契約を締結する前に内容を細かく決めなければならない。

今度の場合、こちらがやるのは犯人を見つけるまでだ。捕まえたりするのは入っていない。ここは重要だからはっきりしておかねばならない。乃井が相手に対し繰り返し確認し、契約条項に書き込んだ。警察が見つけ、発表するより先にという条件ももちろん書いた。

久能純子が再度内容をチェックし、用紙にサインした。

（**万年筆はモンブラン**）離れたところからでも独特のマークが見える。

「着手金として取り合えず百万置いていくわ」

バッグから札束を取り出し、テーブルに置く。乃井がゆかりの方を見たのでふたたびそこへ行き、札を数えた。普段から紙束やノートのページ数を数えているのでお手の物だ。

一万円札はおろしたてらしく乾いている。普通の紙とはやはり全然違う質感だ。もっとしょっちゅう味わいたいと思う。

ぴったり百枚ある。乃井にうなずいて見せ、席に戻る。

「ではさっそくですが、事件に関して御存じのことをお話しいただけますでしょうか」


久能恵美利は二十四歳。一年浪人後都内の美術大学に入学するにあたり千葉の親元を離れた。以来祖師谷市でひとり暮らし。大学卒業後はアート系の専門学校に通っていた。

殺されたのは三日前、自分の部屋の中である。発見時、部屋の鍵は開いた状態だった。発見者は大学時代の友人で、前日夜八時に食事の約束をしていたのにすっぽかされ、以降連絡が取れなくなっていたのを不審に思い、昼過ぎに部屋を訪れたとのことだった。

「さんざん殴られた上に紐で首を絞められていたの」

久能純子の声が一段と低くなった。表情はまるで漂白したようになくなっている。ゆかりのところから見える握りしめた左手も真っ白だった。

「独立心の強い子でした」

問わず語りにいった。

「親の世話になるつもりはないといって。夫はもちろん私の手からも離れようと必死でした。生活費は自分で稼ぐといって居酒屋でアルバイトして」

親子間の確執というほどじゃない。これくらいはよく聞く話だ。

久能純子がしばし口をつぐんだ。握りしめた自分の手を見るともなく見つめている。

「――窒息死でした。使われた紐などは見つかっていません。殴られたのは、皮膚が切れたりしてないことから表面が滑らかな鈍器だそうですけど、そういう凶器も残されていませんでした」

普通に考えると、殴られて抵抗力を失い、あるいは気絶し、そのあと首を絞められたということだろう。ニュースでは殴られたことはいっていなかった。警察が伏せているのだ。

(紐と鈍器による打撃) 犯人のプロファイル。

「最初の二日間は警察の捜査にまかせていました。日本の警察は優秀だって聞くし。監視カメラ映像だって見ることができるし」

(待てない性格。毎日の報告書は忘れずに送ること)

「私たちには警察内部に知り合いがいます。捜査の進捗状況を聞いていましたが、いまだ何も手掛かりをつかんでいません。こんな事件の場合、捕まるものなら四十八時間のうちに容疑者がわかることが多い。だから私たちも独自に恵美利の知人たちに当たることにしました。警察からは当然やめてくれといわれましたが」

（すでに警察と確執）これはうちもやりにくくなるだろう。警察が第三者からの横槍に敏感になってしまっている。

それにしても、関係者のもとにどんな人間が送られたのだろう。夫の部下であるチンピラなどに来られたらさぞ迷惑だったのではないか。

うちだって、揉めたらそういうのが送り込まれてくるかもしれない。

「単純な男関係とか恨みを持つ人間などは見つかっていないわけですね」

乃井が質問をはさんだ。純子がうなずく。

「ええ。誰に尋ねても揉め事のもの字も出てきません。警察ではもう、通り魔の犯行も視野に入れています」

（通り魔。無差別に人を襲う者。一番あって欲しくない展開）

でも、それだと――。

「恵美利さんが犯人を家に入れたと考えられているんですか」

乃井がゆかりの疑問を口に出した。

「はっきりとはしていませんが、その可能性もあるとみられています」

一瞬、眉が吊り上がる。娘の落ち度を指摘されたような気になったのかもしれない。

（家を訪れてくる通り魔）これは恐い。同じ市内に住む女性としたら恐すぎる。

いまのところ警察もマスコミも通り魔という言葉は出していない。

「さて、この件に関しては引き受けるかどうか、民主的に決めようと思うわ」

久能純子が帰ると、乃井が初音とゆかりの方を向いていった。百七十センチを超す乃井は三人の中で一番背が高い。ストレート、セミロングの漆黒の髪。どこか巫女を思わせる風貌の持ち主だ。

（えっ、答えはもう決めてあるでしょうに。しかも民主的？）

「断るなら今のうちだからね。ゆかり、どう思う？」

「えー、まずは考えられ得るリスクを上げてみる必要があると――」

しゃべり出したゆかりはふと思う。

ちょい待ち。私がやるっていった瞬間に話し合いなんか終わって、いい出しっぺがゆかりってことになるんじゃない？

「最大のリスクは警察と競合すること。それ以上のもんなんかないだろ」

初音がいった。

「そうね。下手をすれば公務執行妨害で逮捕されるかもしれない」乃井もいう。

「でもやるんだろ。ここの今の財政状況を考えればさ。もう二か月の間、飼い猫捜ししかやってないもんな」

ちょい待ち。もう一個、すんげえおっきい問題があるじゃない。ゆかりは発言せずにいられなかった。

「もしも仮に私たちが警察より先に犯人を見つけて、報告した場合、あの人はどうするつもりでしょう」

「犯人を殺すだろうな」初音があっさりいう。だが、そう。そのとおりだとゆかりも思う。

「その場合、うちも殺人の共犯とか、少なくとも殺人教唆くらいには問われるんじゃないですか」

「そうね。その結果どうなるかはともかく、可能性はあるわね」

乃井も肯定した。ゆかりはさらに思いついたことをいった。

「近づいていることを犯人に知られたら、うちらも狙われるかもしれませんよ」

「それはあまり考える必要ないよ」初音がいう。

「どうして？」

「だいたいわかった時点で写真でも撮ってお客に引きわたしちまえばいいからさ。細かく身元確認まですることないだろ」

（雑だわこいつ）でもたしかに、それくらいじゃないと警察より早くっていうのは達成できないかもしれない。

「それにしたって、犯人との対決は考えておかなければならないリスクではあるわね」

さすが乃井は冷静に判断する。

「まあね。いざとなっても、ここ傷病手当なんて出ないし」初音が皮肉で返す。

「差し当たってのリスクは警察と犯人ってことね」と乃井。

(超然としていってるけど、それどっちも充分大きいよ。普通の探偵業務に入ってないよ)

「あんたはやってもいい。やるべきだってことね」

断定口調で乃井が初音にいう。

「いやいや、あんたの方こそもうとっくに決めてあんだろ。あのお客、金はたっぷりありそうだしな。犯人見つけるだけで三百なんて仕事、逃したくないだろ」

(自分が金額を引き上げたんだぜと恩に着せない初音)ちょい見直す。

「いっとくけど、私は金額で仕事を選んだりしないわ」

「そいつぁどうだか。猫捜しだって、ミケだと忙しいからって断ったのにロシアンブルーだと引き受けたのにはほかに理由があったわけ？」

「もちろんよ。あれには組織的な犯行の匂いがあった。実際、高額な猫ばかり狙って窃盗を繰り返している窃盗団の存在が浮上したじゃない」

(そうそう。グループの名前があった。たしかトランスキャッツ)

「どうするんだい。やるのかやらないのか。あんた断るなら今のうちっていったけど、いまからだって断ったらチンピラが詰めかけてくるかもしれないよ。それだってリスクのうちに入るんじゃないの」

（もうどっちに転んでもリスクだらけじゃない。進むも地獄。戻るも地獄）

ノートに高速で書きまくるゆかりの方へ、ふたりが互いの方を向いたまま平行移動するように一歩近づいた。

「あんたはうちのフィジカル担当だから意見は尊重するわ。きっと最初に犯人と対峙するのはあんただろうから」

（肉体派。うちの戦闘コマンド要員）

「情報は取ってきてくれるんだろ。リーダー兼情報担当相」

（所長兼各種情報争奪者）

「もちろんよ。バックアップだってしっかりやるわ。やるの？」

「どうすっかなあ。バックアップっつっても、窒息しちまってから助けられても困るしなあ。たとえ報酬はずむっていわれたって、タヒんじまってから葬式に金掛けられても、オラうれしくねえっぺなあ」

（なによそのしゃべり方。この女、東京出身じゃなかった？）

カリカリ書きまくるゆかりに乃井と初音がさらに近づいてくる。もう顔を上げたらすぐ目の前に立つ感じだ。相変わらず視線は向けないが圧力は肌で感じる。

（なにこのふたり。これ新手のハラスメント？）

「情報はあの窃盗坊やから取るんだろ。あのオバさん気が短そうだからすぐにでも始めた方がよくね？」

初音が乃井にいう。

「栗松《くりまつ》は二課よ」

「殺人事件だ。二課だろうと駆り出されてるに決まってっぺ。情報取れねえわけねえべ」

しゃべりながらふたりの体がついにゆかりのデスクにぶつかってくる。

「どうする？」

「どうする？」

（なによもう。そうなんでしょ。どうせそうなのよ。私が決めたことにしたいんでしょ。わかったわよ）

鉛筆を置いてゆかりは立ち上がった。

「この件、引き受けるべきだと思います！」

「ゆかりがいうんだもの、決定ね」「そうだな。ゆかりがそこまでいうんだもんな。決まりだよ」

笑顔になったふたりがいう。

4

「ただ、あんたにひとつ条件があるんだ」

ようやくふたりがゆかりの机から離れた。初音が乃井にいう。乃井が何でしょうという顔になる。

「この仕事の報酬、半分もらいたい」

(金の要りよう？　どうした初音)

「バカねえ。だめよ」

「わかった。じゃあこれだけきいてくれればいい」

あっさり引き下がった初音が間を置く。

(今のはフリね。ストレートじゃない奴) 本当にきいて欲しいことはこれからいうのだ。

「この仕事に成功したら、あたしの質問に答えてもらう。いいね」

ゆかりは乃井の顔を見た。ゆかりには初音が何のことをいっているのかわからない。

「いいわ」乃井は今のでわかるらしかった。

「約束したよ」

ふたりともそれ以上はいわない。だが、乃井と初音の間にずっとある奇妙な緊張感の元についてなのだということはわかった。それは特に初音にとって重要なことのようだ。

室内の雰囲気が一挙に変わった。知らないうちにこの部屋が初音の発する緊張に支配されていたらしい。

「あー腹減った。なんか頼んでよ」

初音が脱力した様子でソファにどかりと座る。乃井もうなずく。

「なにがいい？」

「ワシの食えるもんならなんでもええが、二種類頼む」

「二種類って、違うジャンルってこと？」

「んだんだ。一個めはピザね」

（大食い）まるで、いまの最後の条件を乃井に突き付けるためにすごいカロリーを消費したみたいだ。初音にとっては、体力を使うより頭を使う方がよほどエネルギーを必要とするらしい。

（まさに原始人）

書いてから原始人という言葉を消す。もしかすると今は差別用語かもしれないと思ったのだ。

（初期人類。縄文時代より前の人）

ゆかりはスマホを操作した。まずは有名なピザ屋のサイトを探し、メニューの中から初音が指差した物を注文する。さらに――。

「そういえば最近この辺でおいしいっていわれてる洋風お惣菜のお店があるの知ってますか」

たしかそこのチラシがこの事務所にも配られていたはずだ。ゆかりはデスクの上を探した。

「あったわ。ここ。どうこのメニュー」

〈ルルカポン〉という店のチラシを初音にわたす。

「ふうん。たしかにうまそうだ。写真はね」

「実際食べた人から聞いたんだけど、かなりおいしいみたい。いつか頼もうと思ってたんだ」

「まずこのバジルチキンがいいな。あとは――」

初音が選んでいるうちにゆかりは乃井の方を見た。乃井が勝手にしなさいという感じで手を振る。

「あとキッシュにこのテリーヌ・サフランソース付きってのがいいな。それとサーモン」

初音のいうとおりに注文する。


乃井は自分のスマホを操作した。忘れないうちにやっておくことがある。

「――瑞洲さん、乃井よ。お客を紹介していただいてありがとう」

「やっぱり来た？　どう？　上玉だったたんじゃない」

相手の占い師、佐巻瑞洲がいう。

「そうね。振り込みの方、今日中にやっておきます」

「よろしく」

通話を終えると仕事開始だ。傍受され盗み見されやすいラインではなくメールで打つことにする。相手は祖師谷署二課の若手刑事、栗松亘《わたる》だ。内容は「インコレ」と打ち込むだけ。これがふたりの間の合図だった。何にせよ、彼との間に意味のある文章などは交わさないことになっている。どうしてその言葉になったのか、いまとなってははっきりしないが、きっと彼がコレクト（正しい）な刑事ではないところから来たのだろう。もちろん栗松の方もそんなことは承知している。

捜査を終えた乃井は初音の方を見た。ソファの上で斜めに体を伸ばしている、脱力しているヒョウを思わせる肢体。

この子がいなかったら今度みたいな仕事は受ける気にならなかっただろう。今日のような日のために初音の体に投資してきたといっても過言ではない。

知り合ったばかりのころの初音は、やせっぽちの女子高生だった。三年前、ドアを開けて入ってきたものの、入り口のところで黙って佇むばかりだった頼りなげな姿を思い出す。

初音も二十一になった。八歳違いだから自分は二十九。ゆかりは二十三。平均すると——いやそんなことはどうでもいい。

一緒に行動してすぐに、初音のすばらしい運動能力に気づいた。一緒に仕事をするかと誘うと、あっさり「いいよ」といった。そこからはひたすら鍛え上げた。

女性専用探偵社に男性社員がいてはならない。客は男性にはいいにくい問題を抱えてやってくることが多いのだ。だが女性がいないことが弱点になっては本末転倒だ。

探偵の調査はときに合法／非合法のラインをまたぎ超えることがある。そうでなければ顧客の注文に応じたまともな仕事などできない。ただそれはまた、肉体的リスクが高まることも意味する。乃井は初音を得たことで、少々非合法な、社会倫理的にインコレクトな仕事もできるようになった。実際に初音の戦闘能力がものをいったことはほぼないものの、そういう武器があるのとないのとでは違う。呼び方は抑止力でもなんでもいいが、国が兵器を保有するようなものだ。自分もゆかりも多少はできるが、それは護身術の範囲を大きく逸脱するものではない。

初音の低い倫理観も頼もしかった。いざとなったら相手にけがを負わせるくらいまったく躊躇しないだろう。あるときこんなことをいった。「アイガー・サンクションだかルー・サンクションだか、続けて読んだからどっちか忘れたけど、何にも武器がない状況で、固く丸めた雑誌で相手の目を突くってとこが痺れたなあ」と。

ただ、今度の仕事で初音は乃井に条件を突き付けてきた。

成功裡に終わったら自分の質問に答えてもらう、と。

乃井にはその質問の内容が手に取るようにわかっていた。

いまだあのことにわだかまりを持っている。三年の間おくびにも出さなかったが決して忘れていなかったのだ。

今度の仕事には初音もそれなりの覚悟を感じているのだろう。こちらも嘘をいうわけにはいかない。

初音は、こっちが何か隠していることにとっくに気づいていたのだ。

本当のことを明かしたらどうなるだろう。

腕の一本くらいへし折られるだろうか。

それとも――。

殺されるか。

いずれにしても、と乃井は初音の姿を見つめながら思う。

あの子とは終わり。これっきりになるかもしれない。

さようなら、初音。


「なんだよ。来るなよー」

ぼうっとしていた乃井は初音の声にはっとなった。

入り口に男がひとり立っている。初音はその人物に対して毒づいたのだ。

畝原誠《うねはらまこと》――警視庁公安外事二課の刑事だ。この事務所にしょっちゅう現れる余計者である。

「まあそういわないでさ。仕事の邪魔なんてしませんから」

いつもの台詞を吐きながら堂々と室内に入ってくる。公安の刑事が自分の家族にすらその所属を隠していたのも今は昔、この男は最初に現れたときから平然と身分を明かした。

もっとも最近では、買春だかで逮捕されたのが公安の刑事だと普通にテレビニュースで公表される有様だ。公安のあり方も昔と一緒ではない。

若者風に髪型をソフトモヒカンにカットしているが三十代半ばだろう。ずうずうしさだけは人の三倍も備えた男だ。もっとも本人にいわせれば仕事に忠実ってことになるのだろう。

「何度いったらわかるんですか。ここ女性専用だから、あなたが入ってくるだけで立派な営業妨害になるんですよ」ゆかりも、もう何度もいったセリフを浴びせる。

「いやいやゆかりさん、今日はとってもチャーミングで」いいながら、ノートに書き続けるゆかりに近づいていく。

「うっへ、『チャーミング』だって。そんな言葉、何十年かぶりで聞いた」と初音。

「もう。あなた何十年も生きてないでしょうに」すかさずツッコミを入れる畝原。

そのとき乃井は、いままで漠然と感じていたことをはっきり意識した。畝原は決して初音に近づかない。いまも一・五メートルの距離を保つようにしながらゆかりの方へ歩いている。初音を見るときの畝原の顔にも微妙に警戒の色がある。

さては鈍《にぶ》そうに見えてこの男、初音の戦闘能力を感じ取っているのか。

あるいはすでに――。

と、そのときインターフォンの音がした。ゆかりがボタンを押して応対する。

「ピザの宅配です」

「はーい」

ゆかりが立ち上がってドアの方に向かう。そのとき、畝原の手がゆかりの机にすっと伸びて、開きっぱなしのゆかりのノートを手に取った。

「あっ、何するの」

まるで後ろを見ていたかのように、ドアの方を向いていたゆかりの上半身が百八十度近く回転した。伸ばした畝原の右腕を取り、肘の関節を固める。

「あ、イテててて——」

「返しなさいよ」ゆかりがもう一段力を込める。畝原がノートを手放すとそれをしっかりつかんだ。

「もう、油断も隙もありゃしない」

「いや、ゆかりさんいっつも何を書いてるのかなあって」

「あなたに関係ないわ。大きなお世話よ」

畝原を放したゆかりがドアを開けに行き、宅配の若い男性に遅れたお詫びをいった。

箱入りのピザを受け取り、事務所名義のカードで支払う。配達人が携帯端末機を操作した。ゆかりが番号を打ち込むと、しばらくしてレシートが発行される。

「どうも、毎度ありがとうございます」

配達人が帰って行った。

「ほら、こういうことなんだよ。レディが遅れた昼メシ取るところ。だからとっとと帰んな」初音が畝原にシッシと手を振る。

「『レディが昼メシ』ですか。わかりましたよ。じゃあ今日はこれで。また来ます」

「もう来《こ》んでいい」

畝原が出ていくと、入れ替わるように今度は惣菜の宅配人が来た。

「こんにちはルルカポンです」

こちらの配達人は太った小柄な中年女性だった。被った帽子の脇からのぞく縮れ毛に白い物が混じっている。

「はいどうも」

ゆかりが同様に支払う。今度は携帯端末の通信がうまくいかないのか、機械がなかなか作動しない。

「すみませんどうも」

「いえいえ」

恐縮する女性をねぎらうようにゆかりがいう。

もう一度最初から同じ操作を繰り返してようやく機械が反応し、レシートが出てきた。と思いきや、脇に赤線の入ったレシートが途中で途切れてしまう。どうやら用紙交換の時期を過ぎてしまったようだ。

「ああ、ドジでほんとにどうもすみません。どうしようかしら」

配達人の女性が戸惑った声を出す。

「大丈夫ですよ。なんなら今のを取り消してもう一度やったら」

「よろしいんですか。本当に申し訳ありません」

鷹揚にうなずくゆかりの前で、恐縮した女性がバッグからレシートのロールを取り出して入れ替える。それからさらに操作し、ようやくレシートが出た。

中年女性が帰っていくと乃井はいった。

「年上の人にはきつい世の中になったわね」

「ええ、そうですね。もうコンビニに中年以上の店員なんていませんもん。やることの種類が多すぎておぼえるのが大変なんですよ。たしか百種類以上あるんだって」ゆかりが同意する。

「今ので思い出したんだけど、昔こういう詐欺というか窃盗があったのよ」

乃井は話した。

「わりとにぎわっている時間に電化製品の店にふたり組でやってきて、片方が買い物をし、カードで支払おうとする。そのときもうひとりの方がすぐそばで妨害電波を出す装置を作動させるのよ。

するとどうなるか。いつまでたってもカードの処理ができないわよね。込んでいる時間帯だからレジにお客の列もできてくる。

結局、仕方ないから店員がカード処理を後回しにして商品をわたすわけ。カード情報があればあとから請求できるからね。

ところが——」

「カードがインチキなんだ」初音がピザをほうばりながらいう。乃井はうなずいた。

「そう。それで手に入れた電化製品を買い取り専門店に持って行って換金するわけ。出たばかりの新商品で人気ランキングに入っているような物なら半額程度で買い取ってくれるから」

「ふうん、いろんなことをやる人がいるんですねえ」ゆかりが感心したようにいう。

「ほんとこの世に悪事のタネは尽きまじだ。ほれ、しゃべってねえで喰わねえとなくなっちまうぜ」

初音にいわれ、それほど食欲のない乃井も手を伸ばした。

「ねえ、このキッシュおいしくない？　やっぱ頼んでよかったわ」ゆかりがいう。

「たしかにうまいな。また頼んでもいいいな」両手にべつな食べ物を持ちながらガツガツ食べる初音もご機嫌だ。

「ところでゆかり、さっきあっというまに畝原の腕の関節を決めたのは感心したよ。いつのまにあんな技を身につけたんだい」

初音がゆかりに尋ねる。たしかにあれには乃井もおどろいた。

「えへへ。どこでもないよ。映像で見ただけ」

「ユーチューブとか？」

「そう。昔のプライドとかでね、マウントポジション取られて下に組み敷かれた選手が、下から相手の手を取って関節決めちゃうのを見てさ、感激したわけ。どう見ても不利な状態からの逆転だったから」

「ふうん。でも見ただけで身につくかな」

「そりゃもう何度も見ながら練習したのよ。でも腕だけね。足とか全身を使うやつはそもそもやる気しないし。だって女が男の顔を股に挟んで三角締めとか考えられなくない？」

「かえって相手が喜んじまうかもな。ふうん、ゆかりは上半身寝技マスターか。ハーフヒクソン、隠れノゲイラってとこかな」

「どっちもすごい格闘家だけど、変なあだ名つけないでよね」

「あたしは時間のかかるややこしい技はだめだな。打撃のほかはせいぜいギロチンチョークができれば充分だ」

乃井のスマホにメッセージが届いた。栗松刑事からだ。１８００と時間だけが簡単に記されている。

仕事開始だ。

5

雑居ビルの地下にあるその店の名は〈ポップ１２８０〉という。黒い外観をしたちょい渋めのバーだ。乃井にとっては都合のいい特徴を備えた店である。

盗聴されるのを心配しなくていいことだ。

事務所では毎朝ゆかりに盗聴器の有無を確認させるのがルーティンになっている。夜中にプロを雇って仕掛ける人間がいないとも限らないからだ。話の重要度によっては、もっと頻繁に調べることもある。だから基本、乃井探偵事務所の中は安全だと思っている。しかし中には事務所に来るのが都合の悪い相手もいる。祖師谷署二課の刑事である栗松がその代表だ。

めったに店には顔を出さないが、〈ポップ1280〉の経営者ふたりのうちのひとりである蒲《かも》原《はら》という男はもと刑事で、八年前に亡くなった乃井の母親の愛人だったこともあって、乃井が子どもの頃からの知り合いだった。この店は盗聴される心配がない。だから乃井は、事務所に来られない相手に会うときにはここを選んだ。初音やゆかりを連れて来たことはまだない。

栗松亘はまだ三十をいくつも越していないはずだが、頭髪は後退していないし顔に皺があるわけでもないのに、顔貌そのもののせいか年齢よりかなり上に見えるタイプの男だった。刑事としては邪魔になる資質ではない。

ただ本人は「女房が外で一緒に歩くのを嫌がるんだ。パパ活に見られるんじゃないかってね。まったく、自分がどんだけ若く見えると思ってんだよ」と疲れ顔でこぼしたことがある。

先に着いた乃井がボックス席について飲み物を選んでいると、栗松がせかせかした足取りで現れ、向かいの席につく。

「今忙しいんだよね。だから二十分だけ」

「久能恵美利の件でしょ」

殺人事件など年に一件も起きない祖師谷署管内で若い女の惨殺死体が見つかったのだ。さぞ署全体がてんてこ舞いをしているに違いないと想像できる。

「うん。よくテレビや小説なんかで本庁の人間が威張って描かれてるけど、実物はフィクション以上だね。こっちが挨拶したって睨みつけてくることで返事にする奴らなんだから」

「その恵美利のことだけど、どんなことがわかってるの」

「えっ、どうしてそんなことを知りたいんですか」

目を見開く栗松に、乃井はあんたも何か選びなさいよとメニューを押しやる。栗松はそれを手にして目を落としたものの、ろくに見ずにいった。

「勤務中だからコーヒーかなんかで。それよりどうしてそんな――」

乃井はバーテンにコーヒーをふたつ頼んだ。

「こっちの理由はいいのよ。一課も二課もなく、刑事は全員捜査会議に出席させられてるんでしょ。わかったことを話して頂戴」

「わかりましたよ。でも、念を押すようですけど、このことは本当に誰にもいわないでくださいね。お願いしますよ」

「はいはい。わかりきったことをいわないの。いうだけ野暮でしょ。あなたがこっちのいうことをきいているうちに売るわけないじゃない」

乃井は刑事に向かって脅迫にも取れるセリフをいった。そう受け取られて構わない。

バーテンがコーヒーを運んできた。乃井はブラックで飲む。栗松がミルクを入れてかき混ぜるのを待った。

「――じゃあ知ってることを教えます。まず、被害者は首を絞められる前にかなり顔や頭を殴られています」

すでに知っていたので乃井は黙ってうなずき、先をうながした。

「そのうちの一発は、意識を失うほど強いものだったと検死した医師がいってました」

栗松がコーヒーカップを指先で回しながらいう。

「それで抵抗力を奪ったってこと？」

「らしいんです。被害者の体に縛られた跡と、口にさるぐつわされた跡が残っていました。まずは最初の一撃で気を失わせて体を縛り、気がついてから散々殴りつけたんだろうという見立てですね」

「出血はないのね？」

「内出血と、あと口の中に少しだけ」

「そして最後に紐で首を絞めたわけね」

「そうです」栗松がうなずいた。

「犯人の遺留品は？」

「まったく残っていません。犯人はどうやら手袋をはめて犯行に及んだみたいですね。頭髪も落とさないよう帽子もかぶっていたらしい」

毛髪を残せばＤＮＡ鑑定ができることくらい、いまは誰でも知っている。

「目撃情報は？」

「まったくありません。死亡時刻は午後八時から九時の間で、被害者宅のあるアパート界隈はその時間、まったく人通りが絶えるわけじゃないんですが、これまでの聞き込みでは怪しい人物の目撃情報などは得られていません」

「着衣の乱れとか乱暴された跡は？」

「倒れた際になったと思われる程度でほかは特にありません」

「お金とかは？」

「何も取られていないようです。盗み目的じゃありませんね」

「被害者の自宅内が現場ってことは、被害者の恵美利は自分で犯人を家に上げたってことよね。少なくとも鍵は開けたはず」

「そうですね。知り合いや縁故関係はもちろん当たっていますが、いまのところこれといった成果は出ていません」

「トラブルとかの情報もないわけね」

栗松がうなずく。乃井は重ねて訊いた。

「現場付近のカメラ映像は？」

「ガイ者宅のアパート入り口がある通りにはひとつもなくて、ワンブロック隔てた道路とコンビニにあったカメラ映像は解析されてるんですが、いまのところそれらしき人物は特定できてはいません」

「被害者の顔写真を見せて」

「ええっとそれは——」

「見るだけよ。聞き込みするあんたが持ってないわけないわよね」

「わかりましたよ」

スマホを操作するかと思いきや、ポケットから写真を取り出した。大量コピーした物を捜査員たちに配ったのだろう。栗松が乃井に見せる。

写真は被害者が就活のときにでも使ったらしい正面を向いた物で見やすかった。恵美利は母親にはあまり似ていない。細面で目はやや吊り目。唇にぽってりと厚みがある。生真面目そうに見える顔だが写真一枚で性格まではわからない。彼女はこれ以上、年齢が上がることはないのだ。中途で断ち切られ、変化の歴史が閉ざされた顔貌——乃井は写真をテーブルに置いて自分のスマホで撮影した。

「あと、事情聴取した人たちのリスト」

むすっとした顔のまま、手帳のページを開いて見せる。そこにたくさんの名前と所属、住所、電話番号が載っている。乃井はそれも撮影した。このやり方なら、たとえ栗松が疑われたとしても情報を洩らした証拠が見つけられる心配がない。

「この○通っていうのが通報者ね」乃井がいうと栗松がうなずく。

「そろそろ行かないと」写真と手帳をしまうと栗松が腰を浮かせた。

「もう少しだけ付き合いなさいよ。彼女の親が干渉してきたでしょう」

「どうしてそれを……あっ、そちらの依頼人ってまさか」

乃井は答えない。依頼人の名前を自分からいったりはしない。ともあれこの場合、誰が聞いてもわかりきったことだ。

「じゃああの娘の父親が組幹部だって知ってるんですね。参りましたよ。ヤクザが我々の後をついて回るんですから。追い払っても堂々とついてきて。公務執行妨害で逮捕するぞと脅かしても平気なんですから。その上、勝手に関係者に質問までして」

「そっち関係ってことはないのね」

「ええ。まだ決定ってわけじゃありませんが、なさそうです。ああいう連中も、幹部の娘とはいえ一応一般人である家族には手を出しませんから。それに蛇の道はヘビといいますか、ヤクザの仕業かどうか、あいつらにはわかるみたいなんですよね。この件でそっち方面はまるで疑ってないみたいなんですよ」

「犯人は知っていたのかしら」

「ガイ者がヤクザの娘だってことをですか？　それはどうかな」

「もしも殺したあとで知ったとしたら、慌てて姿をくらましたんじゃない」

「――ああなるほど、事件後失踪した人物がいるかどうかですね」

栗松が律儀に手帳を出して書き込んだ。かと思うと急に動きを止め、乃井を見た。

「乃井さんの依頼人があの娘の親だとして、もしも犯人を突き止めたらどうする約束になってるんですか。まさか警察じゃなくそちらに引きわたせと？」

「ご想像にまかせるわ」

「いやそれはまずいですよ。どう考えてもまずい。犯人秘匿に当たります。いや、あっちにわたしたら奴ら、犯人を殺してしまいますよ。その場合、殺人教唆とか共犯とか、とんでもないことに発展しかねませんよ」

「わかってるわ」

「わかってるって、じゃあどうしてそんな案件を引き受けたんですか。弱味でも握られてるんですか」

「それはあなたの知ったことじゃないわね。そんな風にならないよう、あなたに協力してもらう必要があるわ」

「何をいってるんですか。勘弁してくださいよ」

「どちらにしたって、私が捕まりでもしたら、あなたも終わりだから」

「ちょっと乃井さーん」

「もう行っていいわ。あまりサボってると疑われるでしょ」

「ちぇっ、ひどいなあ」

いいながら栗松が立ち上がる。

「また連絡するから」

栗松が悲し気な顔をしたまま店から出て行った。コーヒーは半分以上残っている。

乃井は自分のコーヒーを飲んだ。

栗松が自分のスパイになったのは偶然からだった。

二年前のある日の夕暮れどき、乃井は通りがかったファミリーレストランの広い駐車場の隅っこに一台だけぽつんと、後ろ向きで駐車している車を見かけた。空いているのに変な駐め方だ。ごく普通の紺のセダンだがなんとなく見おぼえがあった。ひと昔前と違い、警察車両だからといって「さ」や「た」などの共通ナンバープレートをつけているとは限らない。乃井は姿勢を低くしてそっと近づき、中をのぞいてみた。

すると刑事の栗松が一心不乱に一万円札を数えているのに出くわしたのだった。

乃井は祖師谷署の主だった刑事の顔は知っていた。

栗松の方は周囲に気を配る余裕もないのか、乃井のこともまったく気づかない。

乃井は少し離れてその様子を撮影した。

後日、祖師谷署内にあった金庫から八十万円が紛失したというニュースが某週刊誌記者によってすっぱ抜かれた。どうやら使途不明金だったらしく、警察がみずから発表しなかったことも責められた。

乃井は栗松を呼び出した。写真を見せただけで、わざわざ脅迫の文句をいう必要もなかった。

その日以来、栗松は乃井に警察の内部情報を洩らすようになった。

多くの探偵社が情報屋からさまざまな情報を買って仕事に役立てている。各種の名簿や車のナンバーからの持ち主の特定などは、いまや情報屋を通さないとなかなか入手できなくなった。役所で取るような個人情報も同様だ。探偵社が使う費用の大きな部分がこれで占められている。

ただ、何といっても最大の情報源は警察だ。国民の個人情報をこれほど大量に抱えているところなどほかにない。だから、もと刑事や内部関係者のいる探偵社とそうでないところでは調査能力に雲泥の差が出るのだ。

もと刑事である〈ポップ1280〉のオーナーからも多少の内部情報は得られるが、ツテをたどる必要上どうしても時間がかかる。そこはやはり現役刑事で、その職を決して失いたくない、辺鄙な地域に飛ばされたくないと思っている人間にまさるものはない。東京都には多くの離島があるのだからなおさらだ。

乃井は新たに得られた情報を頭の中で整理した。

絞め殺す前に被害者を散々殴る——そこには犯人の強い憤《いきどお》りが感じられる。ただ殺すだけなら、気を失わせたあとすぐに首を絞めればすむことだ。

「やっぱり恨みですかね」

事務所に戻ってきた乃井の話を聞いたゆかりは頭に浮かんだことをいった。ノートにはとっくに記している。

「フラれた男ってセンが一番簡単に浮かぶけどな」初音がいう。

「そこは当然警察も調べているわね」乃井が返した。

そうだろう、とゆかりも思う。恵美利と関りがあった男たちはとっくに調べ上げられているはずだ。ストーカー行為をしていた男などがいたとしたら、とっくに捕まっているのではないか。

「殴った程度が知りたいな」初音がいう。

「どういう意味？」乃井が尋ねた。

「ほとんど殺す勢いで殴ったのか、それとも多少力を抜いてたのか。それによっちゃ、違う意図も見えてくるだろ」

「違う意図？」ゆかりにはまだ意味がわからない。

「つまりさ、殴るのが痛めつける目的だけだったとしたら、もしかすると犯人は被害者に何かをしゃべらせようとしてたのかもしれないだろ」

「ああなるほど」ようやくわかる。

「もうひとつある。わざと力を抜いて殴ることで苦痛を長引かせるんだよ。あっさり殺したんじゃ気がすまないくらい、犯人は被害者を恨んでたんだ」

「ああ、それもありそう」

「人って普通、殴られたくらいじゃすぐには死なないだろ。だから殴った力の程度がわかれば犯人の意図も推察できるんじゃないかと思ったのさ」

（初音、雑な言動の割に論理思考をする）

「わかったわ。その点について栗松に調べさせる」乃井がいった。

「で、取り合えずどうする？」初音が乃井にいう。

「まずは手分けして関係者に当たる。そこからね」

6

「お仕事中、申し訳ありません。ちょっとお話を聞かせていただきたいんですけど」

「はい」

栗松から得たリストの筆頭に載っていた人物、第一発見者の樅岡茉奈《もみおかまな》は瀬田区にある子ども服専門店の販売員をしていた。午前十時半の店内は空いている。

「久能恵美利さんの件で」

乃井がそういうと樅岡はわかったという表情をした。

「短い時間でしたら」

すでに何度も刑事が聴取に現れたのだろう。またですか？　などと問いただすこともしない。死体との遭遇から数日しかたっていないが、表情や口調から気丈な女性だとうかがえた。

こちらは乃井と初音のふたり組だった。手分けしてといったが、ふたり組の方が刑事だと受け取られやすいと思ったのだ。つまり嘘はつかず相手の勝手な誤解を利用する手だった。警察と対抗する以上それくらいは当然だ。乃井はグレーのスーツ姿、初音は革ジャンにジーンズというつもの格好だ。テレビドラマっぽい刑事のコンビかもしれないが、むしろ一般人が思う刑事のイメージとそうかけ離れてはいないだろう。

「こちらへどうぞ」

樅岡茉奈がふたりを誘導した。途中すれ違ったほかの店員に合図すると、相手も慣れたふうにうなずき返す。

「同じような質問ばかりでさぞご迷惑と存じますが、どうぞよろしくご協力のほどお願いいたします」

ふたりが連れてこられたのは事務所だった。ほかに人はいない。樅岡が乃井の言葉にうなずいた。

「まずは最初の経緯からもう一度お聞かせください」

「はい。私、あの日恵美利と夕食の約束をしてたんです。駅の近くにある〈ソムエロ〉っていうイタリアンのお店で」

「予約されたんですか？」乃井が尋ねると縦岡がうなずく。

「どちらが？」

「私です」

「それはいつものことなんでしょうか」

「えーと恵美利と行くときは大概そうです」

「それは何か理由がおありで？」

「理由があるってほどじゃないんですけど、恵美利って結構そそっかしいところがあって、よく日付けや時間を間違えちゃうんです。それで自然と私が」

「わかりました」

手帳にメモを取ったりはしない。乃井の横で初音がスマホを操作している。おそらくレストランの情報を見るのだろう。

「恵美利さんはわりとおっちょこちょいなところがあったんですか？」

乃井はざっくばらんな調子で尋ねた。縦岡が少し考える表情になる。下手なことをいえば故人の悪口をいってしまうことになると心配しているのかもしれない。

「もうご存知かと思いますが、縦岡さんがおっしゃったことは一切外部に洩れることはありませんので、どうぞ思ったとおりにおっしゃってください」

「はい。たしかに少しおっちょこちょいなところはありました。時間を間違えたりすることはほんとしょっちゅうで、だからあの日も私、何度もラインしたんです――」

縦岡が話しながらうつむく。

「――なのに全然返事がなくて。送ったのが既読にすらならなくて。そのうち、もしかしたら倒れてるんじゃないかなんて想像してしまって。

それで私、恵美利のうちに行ってみることにしたんです。そしたら――」

シーンの描写はさせなくていいと思った乃井は質問を変えた。

「恵美利さんのおうちのことはご存知でした？」

「いいえ。よく知りませんが、なんかあとからその、暴っていうか、そういうのは聞きました」

当然のことかもしれないが、恵美利は親のことを隠していたようだ。

ほかの人との間にトラブルはなかったか。恋人は？　最近何か、いや誰かを怖れている様子は。

そういう質問は警察がとっくに何度も行い、すでに徹底的に調べているに違いない。犯人につながる脈があればとっくに容疑者くらい上がっているだろう。そっち方面をなぞっても二番煎じにしかならない。

何か警察が思いつかないようなこと――。

乃井も会う前に縦岡のことを少し調べていた。

「恵美利さんとは美術系の学校でご一緒でしたね。いまもそういうお話はされてたんですか」

事件そのものから離れたせいか樅岡の顔が少し上がった。

「うーん、正直あまりしていませんでした。絵のことになると恵美利は結構入れ込みが強くて、というか自分に厳しいところがあって、描いたばかりの作品が気に入らないとびりびりに破いたりってこともあって。

だから、学生の頃はともかく最近はほとんどそういう話はしなかったんです」

「恵美利さんはどんな絵を描かれていたんでしょう」

「アブストラクト系というか、明確にはわからない絵でした」

「ほかの誰かの作品に似てるなんていわれたことはありませんでしたか」

「さあ、私は知りません」

盗作、アイディアの盗用――恨みを買いやすいネタだが、どうやらそっち方面でもトラブルはなさそうだ。乃井は初音の顔を見た。何か聞きたいことは？　初音が目で何もないよと返してくる。

「お忙しいところ、いろいろとお答えいただきどうもありがとうございます。また何かありましたら押しかけるかもしれません」

「わかりました」

乃井と初音は店を出て歩き出した。

「ダメね。何もわからない」乃井がため息をついていう。

「そんなことはないさ」横を歩く初音がいう。

「トラブルとか男関係を訊かなかったのは、そんなのは警察がとっくに訊いてるに違いないと思ったからだろ。でも、得たこともあるよ」

「何よ」

「まだわからない。けど、いま聞いたことは後で役に立つ気がするよ」

変ないい方をする子だ。ま、初音らしい。

乃井は栗松から得た関係者リストを出した。次は誰にしよう。

覗《のぞ》き込んだ初音が指差す。

「これがいいよ。この男。行ってみよ」


「はい、わかりました。ちょっとこれがすむまで待ってください」

ふたりが訪ねていくと、横川学《よこかわまなぶ》という若い男がそう断ってから作業を続けた。直径五センチ程度の金属でできた筒状の物に、機械でヴァイブレーションをかけながら石膏様のどろどろした液体を注いでいる。

それにしてもいちいち警察手帳を見せてくれなどという人がいないのは、偽物の自分たちにとってありがたい。おそらくそういうことをいってくるのは多少世間ずれした年配の人間に多いのだろう。

「すみません。気泡なしで注ぐのが大事なんで」

「いえ、こちらこそ、お仕事中にいきなり押しかけて申し訳ありません」

横川は多摩川近くで歯科技工士をしていた。やせ型で眼鏡をかけている。声に張りがあるせいか、見ため以上にさわやかな印象だ。栗松のメモによれば、二年前まで恵美利と付き合っていた。その後、恵美利と付き合っていたという男はいない。すでに刑事がさんざん来ただろうしアリバイから何から詳細に調べ上げられたに違いない。

つまり、この人物は警察上はすでにシロなのだ。ほんの少しでも容疑が残っていたら、いまも張りついている刑事の姿がなければおかしい。殺人事件の捜査とはそういうものだ。

「歯科技工士って簡単には機械に奪われない職業ですね」

作業を終え、前に座った横川に乃井はいった。

「そうかもしれません。単にぴったりに作るだけなら機械でもできるでしょうけど、たとえば歯と歯の間に入れる詰め物ってぴったりに作ったんじゃ駄目なんですよ。入れたときに少しきつく感じて、しばらくすると馴染んでくるくらいじゃないと、食べ物が挟まるんです。その辺の微妙な感覚を機械ができるようになるのは大変だと思います」

饒舌そうな人物だった。乃井は事件の話に移った。

「さっそくですが、恵美利さんと知り合ったきっかけは何だったんでしょう」

「えーっと飲み会で会ったのが最初でした。合コンとかじゃなく、たんに大勢の飲み会だったんですけど、二次会で彼女の隣になって話をしているうちに仲良くなりました」

すでに訊かれただろう質問に横川がすらすらと答える。

「そうですか。では恵美利さんの人となりについてお尋ねしたいんですけど、横川さんからみて彼女の性格ってどんな感じだったでしょうか」

「性格、ですか」石膏か何か白い物がこびりついた自分の指を見ながらしばし口をつぐむ。

「そうですね。いい人でしたよ。忘れっぽいところはあったかもですが、次に会ったときには自分からすぐに謝ってくれたし」

縦岡茉奈もよく約束をすっぽかされたといっていた。恵美利が忘れっぽいのは間違いないようだ。

亡くなった人間のことを、いい人だった、優しい人だったというのは当たり前だ。違った角度からの質問をしないと本当のことは聞き出せない。

「恵美利さんのおうちのことは知っていますか」

「いいえ、何も」

「美術のことを話したことはありましたか」

「うーん、ほぼ記憶にないですね。僕はそっち方面は全然だし。それに彼女、そういう話をしたがらない感じでした」

「それは、どういうところから感じられたんですか」

「そうですね。普段何をしてるのかって話題になったとき、絵を描いてるなんていったこともありませんでしたし。まあ話しても無駄だと思われてたのかもですが」

「恵美利さんにはほかに趣味がありましたか?」

「そうだなあ。冬スノボに一緒に行ったことがあって、結構気に入ってたみたいですけど。もう別れたのが二年前ですから、その後のことはわかりません」

別れたことをいうときもさばさばした調子だった。それで乃井は訊いてみることにした。

「失礼ですが別れた理由をお聞かせ願えますか」

「べつに理由ってほどのことなんかありませんよ。ただなんとなく、ですかね。両方とも相手と会わなくても平気になっちゃったといいますか」

「恵美利さんは割とあっさりとした方でしたか」

「そりゃもう、そうでした。ウェットさなんてかけらもない人でした」

「いい方を変えると冷たい?」

「——いや、そうはいえないんじゃないかなと思います。とにかく、怒ったりしたときも、そのときはともかく後できちんと謝ってくる人でしたし」

「どういうことで怒ったりしたんです?」

「思ったより時間がかかったりしたときですかね。あるとき彼女とふたりでなにか食べ物屋の行列に並んでたんですけど、あと数組だと思ってたのが、途中の路地に、見えてなかったへこんだ場所があって、さらに十組くらい後だとわかったんです。彼女がキレて、もうやめましょうっていって列から離れちゃいました。けど、そのときも後から、気分悪くしたでしょって謝りましたよ」

「そうですか。彼女が――亡くなったと聞いたときどう思われました？」

乃井は「死んだ」といいそうになり、言葉を変えた。刑事もそういう訊き方はしないだろう。

「嘘だろうと思いました。すごくおどろきましたよ。なんだか仕事が手につかなくなりました。細かい作業をしようとすると勝手に手が震えちゃって」

「あのような事件に巻き込まれるなんてあり得ない、と？」

乃井が訊くと大きくうなずく。

「ええ。ほんとにそうです。考えられません」

「こういう仕事をしてる人から自作のアクセサリーをもらったって聞いたことがあるんですけど、彼女にそういうことはしなかったですか」

黙っていた初音が突如質問すると、横川がおどろいたように目を見開いた。

「えっ？　いえ、僕はそういうことはしませんでした」

「マブダチと元カレが知らなかったんだ。恵美利は親がヤクザだったってことを誰にも教えてなかったんだね」

横川の仕事場を辞去しふたりきりになると初音がいった。

「そうね。親の職業なんて普通は気にしない。疑うのはうちら探偵くらいのものよ。それより、さっきのアクセサリーの話は本当なの？」

「うん。聞いたことあるんだ。プラチナだか金だかで鋳造して作ったアクセサリーをもらったって。そんで、別れたらその男、あれ返せといってきたって。貴金属なら結構値が張るからね」

「ふうん。横川はそういうことはしなそうだけど」

「わからないもんだよそういうのは。金銭的に苦しくなりゃ誰だってやりかねないだろ。付き合ってたころ奢《おご》ったメシ代を返せと、取っといたレシートのコピーを送りつけてくる奴だっているんだし」

たしかにそういう人間なら仕事上たくさん見てきた。乃井はうなずいた。

「ただ、暴力に訴えてまで奪い返そうとするかとなるとまた話はべつだけどな」

初音も横川が犯人だとは考えていないようだ。

忘れる前に確認しよう。乃井は初音に断って立ち止まると樅岡に電話をかけ、恵美利が高価そうなアクセサリー類を持っていたかどうか知っているか質問した。樅岡は自分が知る限りそういう物は持っていなかったと答えた。樅岡は何度か恵美利の部屋を訪ねたことがあるそうだ。事件後、死体が片づけられてから、なくなった物がないか立ち会わされたという。財布も含めて、何ひとつなくなっていなかった。あきらかに物盗り目的ではないのだ。強い殺意。

男女間の恨みつらみでなければ、それはどこから来たものなのだろう。

7

ゆかりは服装をどうするか苦慮していた。ひとりで行くため、乃井からは危険度の低い、つまり犯人とは思われない関係者の聞き込みを命じられた。刑事のふりはせず、どう名乗るかは任せる、場合によっては探偵事務所の者だと正直にいっていい、といわれていた。

これまでにも仕事で偽の職業を名乗って人から話を聞いたことがあるが、できれば疑われずにすんだ方がやりやすい。今回は特に、殺人事件が絡んだ話だ。シャープな印象が必要だろうと思った。黒っぽい恰好だろうと思うのだが、自分はあまり持っていない。

そうだ、事務所に置いてある初音の着替えを借りよう。

「ちょっと服借りるね」ラインを送るとすぐに「いいよ」と返事が来た。仕事内容はライン禁止だがこれはゆるされるだろう。

事務所の奥の部屋にあった初音の服を見てみる。レザーのパンツスーツがある。これはちょっと勝負しすぎだ。黒のジーンズ。下はこれでいいか。

履いてみる。ウエストがちょいきつい。ショック、私の方が太いのか。

三月とはいえ今日は比較的暖かだ。革ジャンは着ない。そういえば初音は汗をかかない体質なのか、これくらいの陽気でも平然と着ている。

(寒暖差無視。低季節感) 季節感のない服を着ている児童を見かけたら虐待を疑ってください——市の職員が配っていた児童虐待防止ポスターの文面を思い出す。

「よし、これでいっか」

黒い薄手のタートルネックに決める。上から濃いめのグレーのジャケットを羽織ればそれなりに見えるだろう。

初音のセーターに腕を通し、頭を入れる。着終えたとき、何やら喉の辺りに当たるのを感じた。外側から手で触れると、固い物がある。何だろう。小さくて細長い形の物だ。

ゆかりはいったんタートルネックを脱ぎ、あらためて調べてみることにした。セーターの内外をひっくり返す。首の前側、少し左寄りの部分に小さな物体がピンで留めてあるのがわかった。ピンを外し、手に取ってみる。ちょっと見た感じではごく小さな万年筆といったところだ。中央にくびれがある。ゆかりは両手で持って左右に引っ張ってみた。キャップのような部分がはずれ、中身が出てきた。金属製の針のような物だ。

目の前に持ち上げて観察する。針とは違う。ごく細いがナイフみたいだ。指先で刃の部分に触れてみて確信した。よく見ると刃の根本部分はギザギザしている。ヤスリのような役目を果たすものらしい。

「すっごい。なにこれ」

こんなに小さな鞘付きナイフなど見たことがない。目の前で回転させると、刃が光を受けて光った。どこか初音の笑みを思わせるきらめきだ。

初音はなんと、服の中に小さな武器を仕込んでいるのだ。

(さっすがうちの戦闘員) ゆかりは心底感心した。

ゆかりの知る限りでは、こんな物が必要になったことなどないはずだ。それどころか、初音が身につけた格闘技をふるった話も聞いたことがない。なのに常日頃から、あの子はこんな準備をしているのだ。

(敵に回したら恐るべき奴)

これに比べたら、自分の関節技など子どもだましに過ぎない。真面目な話、銃でも持っていなければ初音を制圧するのは無理なのではないか。

念のためジーンズも調べてみる。上から触ったところでは何も見つからなかった。脱いでひっくり返し、丹念に手を這わせる。どうやらこちらに仕掛けはないようだった。

ゆかりはナイフをセーターの同じ位置に戻し、再び身に着けた。着ているぶんには違和感などない。

ゆかりは、初音が自分の服に触れるのを許可してくれたことをほっとした思いで味わっていた。仕込んだ武器のことを私に知られてもいい。つまり味方だと認識してくれているってことだ。これはたんなる〈開けっぴろげでいい奴〉ではすまない気がした。

最初に行ったのは久能恵美利が手伝っていたというギャラリーのオーナーのところだった。電話をかけると、現在は隣の市にあるギャラリーでなく自宅にいるという。

祖師谷市内にある相手の住まいまで電車で二駅分だ。

すでに昨日わかったことを依頼人の久能純子に送っていた。相手の指示通りプリントアウトした紙を郵送したのである。毎日何かしら報告しなければならないので進展がないと困る。

久能純子の顔が浮かぶ。冷徹で気の強そうな感じが前面に出ていたが、娘を失った母親の悲しみも間違いなくあったと思う。他人には容易に推しはかることのできない底知れない悲しみ。

夫が暴力団幹部だと聞いただけで、今度の依頼は夫の指図によるものだと早とちりしていたが、実際会ってみると、やはり純子本人の思いからなのではないかと感じた。

たとえ犯人を見つけ出し制裁を加えたところで娘を失った悲しみから解放されることなどない。それがわかっていても何かせずにはいられないのではないか。

大きな悲しみは、時間だけが少しずつ癒せるのかもしれない、と震災で兄弟を失った人がいっていたのを思い出す。

京堂の駅で電車を降りる。そこから徒歩だ。スマホで地図を確認しながら十分ほど歩いた先に目的地が見つかった。住所からしてマンションの一室だろうと踏んでいたがやはりそうだった。新しくもなく古くも見えない外観からして平成のはじめごろに立てられたマンションだろうと見当をつける。エントランスに近づきながら、癖というか職業病でカメラを探す。監視カメラは見当たらなかった。管理人もいない。

入ってすぐに郵便受けで確認すると、3Cに館橋《たてはし》という名前があった。

一基だけのエレベーターに乗り込み三階に向かう。エレベーターはよほど古い物でない限り中にカメラがついている。つまりこの建物内で唯一のカメラだ。

3Cの室の前に立つと、ゆかりはまず耳をすませてみた。何の物音も聞こえてこない。ひとつ呼吸をしてからインターフォンのボタンを押した。指先にスプリングが縮む感触が伝わり、直後に奥の方からくぐもったチャイムの音がした。

「はーい」という女性の声がマイクから聞こえ。ゆかりは実在する週刊誌の記者を名乗った。あらかじめその身分で連絡してある。

がちゃりと音がしてドアが開いた。三十代と思われる女性だ。チェーンロックはしていない。ベージュのセーターにジーンズ姿だ。

「あの、私、ご連絡差し上げました坂井という者です」

挨拶をしながら、用意してきた名刺を見せる。

「はい」

館橋という女性が脇に動き、どうぞと中へ誘った。特に警戒する様子もない。ゆかりは頭を下げ、室内に入っていった。

館橋について廊下を進む。何の変哲もないマンションの一室だった。途中にあるドアの隙間から柔軟剤らしき香りがし、奥に進むにつれて多少の湿り気と共に調理油の匂いもしてくる。事務所ではなく住居として使われている部屋のようだ。

キッチンもリビングも女性のひとり暮らしを思わせるもので、目を引くような物など見当たらない。その奥にある六畳間だけが違った空間を作っていた。

椅子や机などの家具が脇に寄せられており、梱包され薄く角ばった物がたくさん立てかけられている。その数、百は下らない感じだ。ギャラリーに飾る絵なのだろう。

「散らかっていてごめんなさい」

館橋がいった。部屋の明かりの下で館橋の顔を見たゆかりは、おやと思った。

(顔の左右で化粧の濃さが違う。左側の目の周りが特に濃い。それと若干腫れぼったい)

横の部屋からもうひとりの人物が現れた。太った男性だ。上背もある。

「網本《あみもと》さんです。ギャラリーを手伝ってもらっています」館橋が紹介する。見知らぬ者が訪ねてくると聞いてボディガード役を呼んだのかもしれない。

網本と紹介された男は軽く頭を下げると、ゆかりのことをじろじろ眺めまわし、質問してきた。

「週刊誌がどんな記事を載せるんです？」疑り深そうないい方だ。

「事件の被害者、久能恵美利さんの人となりについての記事です」

「ほう、亡くなった人に関して、好き勝手なことを書いて並べるってわけですか」

「決して彼女を誹謗中傷しようというのではありません」

網本が一歩、ゆかりに近づく。ただでさえ大きな体なので強い圧迫感を感じる。

（網本という男、要注意）

「週刊誌なんていつも、興味本位で人をエサにするんだ」

ゆかりは無視して、館橋の方を向いた。立ったまま質問を開始する。

「久能恵美利さんですが、こちらではどういった仕事をなさっていたんでしょう」

「雑事全般といいますか、招待状の発送から絵の運搬までほとんど何でも手伝ってもらっていました」

「彼女も絵を描いていましたよね。恵美利さんの絵を飾るようなことは」

「いえ。それはありませんでした。あの子、自分の絵を見せてくれたことがないので」

「いずれは自分の絵をギャラリーに並べたいというわけではなかったんでしょうか」

「うーん。それはあったのかもしれませんが、口に出していったことはありません」

館橋が軽く眉間に皺を寄せて答える。やはり明らかに顔の左側が腫れている。

「こちらで何かトラブルなどはありませんでしたか」

「それは警察の方からも訊かれたんですが、ありませんでした」

「そうですか。では、彼女はどんな人でしたか」

「どんな人といいましても、普通に常識的な人でしたとしか――」

「彼女と仲がよかった人をどなたかご存知でしょうか」

「さあ、特には――」館橋がいいかけたとき、網本が口を開いた。

「ほらあの、赤い絵を描いている人と仲がよかったじゃないか。和真《かずま》さんといったっけ」

いいながらもゆかりから目を離さない。

(ほんと嫌な感じ)

「ああ。和真美緒《みお》さん。そうね、そうだったかも」

このギャラリーでも絵を展示したことがあるという和真美緒というアーティストの連絡先を教えてもらったゆかりは、それ以上質問することも思い当たらず、お礼をいって辞去することにした。

ゆかりが出ていくまで、網本がずっと視線を注いでいた。

外に出たゆかりは、今さらながら今度の仕事の困難さを意識していた。犯人かもしれない怪しい人間に行き当たるだけでも大変だ。そして、たとえそういう人物を見つけたとしても、それだけでつけ回すわけにはいかない。第一にそんな悠長なことをしている時間がないのだ。警察に先んじて犯人を見つけ出し、成功報酬を得るためには並のことをしていてはだめだ。
報酬が高額とはいえ無謀な仕事に手を出したものだと思う。

ただ、あきらめるわけにはいかない。やると決めてしまったのだ。自分は結果を出せるよう頑張るしかない。何か犯人を見つけるいい手立てはないだろうか。

歩きながら、ゆかりの頭は忙しく回転していた。

赤い絵を描くアーティスト、和真美緒に連絡を入れ、これから会ってくれるという約束を取り付けた。

住所が祖師谷市内ではないのでゆかりは電車を乗り継ぎ、多摩川沿いにある矢田堤という駅に降り立った。

駅から出て周囲を眺める。近隣に高い建物がないせいで遠くのショッピングビルがよく見える。川近くの平坦な土地という印象だ。ゆかりはスマホで地図を出して歩き出す。

和真が住んでいるのも集合住宅だった。たどり着いてみるとかなり古びた建物だとわかった。エレベーターもなく、ゆかりは四階まで階段を上った。

インターフォンに応答して出てきたのは、場所にそぐわない感じがする若い女性だった。というより、顔貌だけでは年齢がよくわからない。二十歳そこそこから四十近くまでどこにでも当てはまりそうである。スマホで見たネット上のプロフィールに生年は書かれていなかった。

（年齢不詳）あとでノートに書く内容を頭に刻む。

明るいブラウンに染めた背中までのロングヘアを後ろでひとつにまとめている。青灰色《あおはい》をした畝織《うねお》りのセーターにそれを濃くした色のジーンズ。さすがに服まで赤ばかりということはなかった。

にっこり微笑みを浮かべ「いらっしゃーい」という。

（間延びしたしゃべり方）

ゆかりはここでも週刊誌記者の名刺を見せた。

和真は名刺にほとんど目もやらなかった。エアコンが作動しているらしく、和真の体の両脇から暖気が流れてくる。

「どうぞー」

和真が先に立って奥に進んだ。ゆかりはちょっと拍子抜けしたような気持ちであとについていく。

室内はリフォームされているらしく、外観からは想像できないほどモダンな造りに変えられていた。明るい色のパネルウッドの床が、歩く足裏に心地よい弾力を伝えてくる。

先ほど、網本という男が「赤い絵ばかり描いている」といっていた。そのことからゆかりは勝手に、翳《かげ》のある怪しい魔女みたいな人物を予想してきたのだが、その先入観は完全に打ち砕かれた。明るくちゃきちゃきした学芸部員といった感じである。

来る途中、スマホで検索するとホームページがあり、赤い絵とともに本人の写真も出ていたのだが、小さな写真からはとても人となりまではわからない。

奥の八畳間に三枚ほどの絵が並んでいた。いずれも一辺六十センチはある大きな物だ。架台に置かれた物とパネルに入って壁際に並べられている物。

すべてが赤かった。聞いたとおりだ。三枚全部が赤い色で描かれた人物画だった。

題材はほぼ古代神話を思わせる女神や戦士だった。濃淡さまざまな赤を使ったそれらの絵は決して禍々《まがまが》しい印象のものではない。見つめていると不思議な温かさに満たされるような気がしてくる。スマホで見るよりははるかに印象はよかった。

ただ、赤で描かれた剣だけはどうしてもどこか血なまぐさい。たったいま誰かを血祭りにあげてきたといわんばかりである。

「画面で見たときよりずっと美しく感じます」ゆかりは素直な感想を述べた。顔を斜めにかしげながらゆかりの顔を見ていた和真がうなずく。

「それはよくいわれるんですよー」

「題材は神話やファンタジーから取るんですか」

「そうですねー。子どものころからそういうのが好きでしたからねー」

「最初から赤で描かれていたんですか」

「そんなことはありません。最初のころはいろんな色の絵を描いてましたー。でもこの子たちも絵具は全色使ってるんですよー」

(自分の作品をこの子と呼ぶ)

それに、そうなのか。絵具は全色使われているんだ。ゆかりはあらためて絵を眺める。

週刊誌記者として来ているのでまずはそれなりの質問をしなければならない。ただ、目の前の和真にはどんな質問でもオッケーという雰囲気がある。

「どうして赤い絵を描くようになったんでしょう」

「んー、好きだからですねー。わたし、美大を中退したあと、一時絵をやめていたんですよねー。もう全然描く気がしなくなっちゃってー。で、普通の勤め人をしてたんですよー。広告会社の下請けみたいなとこで。

そんなある日のこと、和真美緒は外で貧血を起こして倒れてしまいました」

突然語りが昔話風になる。

「急に周囲の音が薄くなって、目に入る物すべてが白黒になって、それもどんどんガサガサした荒い見ためになっていって。

立っているのもつらくなった和真美緒は体を折り曲げ、ちらりと見えたベンチ目指してよろよろと進んでいきました。その間にも目と耳はどんどんおかしくなっていって、まるで霧の中を歩いていく感じです。もう先ほど見えたベンチもわからなくなって、一体自分はどうなってしまうんだろう。このまま死んでしまうのかしらと思いながら必死で足に力を入れようとしていました。

ああ、もうだめ。立っていられない。どうして世界が白黒に変わっちゃったの？　色はどこ？　と、そのとき誰かの声がしました。あなた大丈夫？　って。和真美緒は首を左右に振ろうとしました。けれどそうしようとした途端、世界がぐるぐる回り始めて、何が何だかわからなくなりました」

和真が語りを止めてゆかりを見る。続きが聞きたいゆかりはうなずいた。

「――気が付くと和真美緒はどこか椅子に腰かけていました。目の前にある自分の両手が紙コップを抱えています。さあ、それをお飲みなさい。そういう声がして、紙コップを口に運びました。息を吸い込みましたが匂いがしません。飲み始めましたが味も感じません。

ですが飲んでいるうちに匂いと味がわかるようになりました。どちらもよく知っているものでした。視界の中心から、色もくっきりとよみがえりました。赤です。飲んでいるのはトマトジュースでした。

ああこれで助かりそう。そう思った和真美緒は夢中で飲み続けました。両目の視界は中心から広がるように色が付きはじめ、コップの中身が空になるころには完全に元通り、いや前以上にくっきり鮮やかになりました。

助けてくれたのは、通りがかった初老の女性でした。和真美緒がお礼をいい、お返しをさせて欲しいと申し出るのを丁寧に断って立ち去りました。困ったときはお互い様よ、と。

あのときの赤ほど鮮やかで素晴らしい色彩をそれまで知りませんでした。和真は絵を描くことを再開させました。赤い絵です」

　話し終えた和真がゆかりの顔をみた。ゆかりはほうっと感心した顔で応えた。

「そんな体験があったんですね」

「そうなんですー。あれ以来、赤って生命の色だなーって」

　元に戻った口調で和真がいう。思い出で顔が上気している。ゆかりは肝心な質問に移るのは今だと思った。

「あのう、先ほど館橋さんのところで聞いてきたんですけど、亡くなった恵美利さんとは親しかったそうですね」

　恵美利の名前を出したとたん、和真の目が我に返ったようになった。

「ええ」

「亡くなったと聞いてどう思われました？」

「そりゃもう、すごくびっくりでしたよ。その日はもう、何にもする気がしませんでしたもん。恵美利ちゃん、わたしの絵を気に入ってくれて、館橋さんのとこじゃないギャラリーに展示するときも絵を運んだり手伝ってくれたんですー」

「そうですか。彼女があんな目に遭う理由について思い当たることはありますか」

「ちょっとわからないですねー。あり得ませんよー」

「あなたの知る限りでは何もトラブルとかなかったと」

「そうですねー。――あっ、ちょっとだけ、トラブルってほどじゃないんですけど、結構厳しいとこあるなって思ったことはあるんですよー」

「どういうことがあったんでしょう」

「ギャラリーの終了間際に入ってこようとした人に、もう終わりだからダメだって、ちょっとびっくりするくらいキツいいい方で断ったことがあって」

（恵美利、キツいところがある）でもまあ異常ってほどじゃないかな。

「網本さんはご存知ですか」

「ええ。館橋さんのところにいる人ですねー」

「恵美利さんと網本さんの間に何かトラブルとかは？」

「さあ、知りませーん。ああ、さては網本さんに何かいわれたんですねー。あの人、初対面の人にはたいていてい憎まれ口をきくんですよー」

8

「ちょっと足が疲れたね」

乃井の横を歩く初音がいった。

今日は計五人の人と会い、被害者についていろいろ質問した。得られた答えの中には、いずれ役に立つかもわからないが今すぐ収穫だと思えるようなものはなかった。電車の乗り継ぎと歩きを繰り返し、膝から下が棒になった感じだ。

街灯がともり始めた。駅に向かって歩いていると家路をたどる勤め人がすれ違っていく。

「あんたでも疲れることがあるんだね」

乃井がいうと初音がちっと舌を鳴らした。

「激しい動きよりこういう方が疲れんだよ。ただ突っ立ってる時間が長いだけってやつ。歩くより立っている方が疲れるのはなぜだろうってスペンサーもいってたよ」

ずいぶん前に乃井が貸したアメリカの探偵小説の言葉を引用する。

「あれ気に入ったの」

「うんにゃ。主人公がアホっぽすぎる。ジム・トンプソンの方がいいや」

「主人公が狂ってるでしょ」

「まあね。ところで今日の収穫といっちゃ何だけど、恵美利の人となりはわかってきたね」

「そう?」

「はっきりと嫌な女だっていった人はいない。相手は死んだ人間だから配慮もあるんだろ。けど結構威張ってたっつうか、要するにツンデレだったみたいじゃない」

「たしかにそういう面は私も感じたわ」

「ただ、それだけで殺人のターゲットにはされないよ普通。何かもっと強烈な恨みとか妬みとかがないと。

誰にも知られてないフラれた男ってセンはないのかな」

初音の疑問はもっともだ。ただ、

「人殺しをやるような男だったらかなり危険な奴でしょ。途中で恐怖を抱いて誰かに相談している可能性の方が高いんじゃないかしら」

「だよね。殺す前にまずはいろんな嫌がらせをしてそうだしね。やっぱそのセンはないか」

殺され方から、イカレたストーカー男のセンは警察も第一に疑ったことだろう。

ふと初音が振り返って舌打ちをした。

「あいつ、しつっこいな。またついてきてる」

乃井も振り向いた。見慣れたコート姿がある。公安刑事の畝原だ。今日一日、自分たちをつけ回していたらしい。これまで気づかなかったのは、相当な距離を置いて尾行していたからだろう。

疲れたといったばかりの初音が走り出した。乃井はほっときなさいという言葉を飲み込んだ。

畝原が逃げようとしない。初音が肩をつかんで乃井のところまで引っ張ってきた。畝原は完全に無抵抗の構えだ。

「いい加減にしろよな。こっちの業務妨害だぜ」

ドスのきいた声で初音がいう。

「いやいや、僕はたんにおふたりの活躍を陰ながら応援したいと――」

「ふざけるなよ」初音の右手が上がる。

「やめなさい」

初音の腕の動きが止まる。刑事に手を出したりすれば相手に逮捕の理由をくれてやるようなものだ。今でこそ聞かなくなったが、特に公安刑事の場合「コロビ」といって、ターゲットの前で自分から勝手に転んで暴行罪で捕まえていたことで有名だ。

ただ、畝原のねらいはそこではない。逮捕するつもりがあったらこれまでいくらでも機会があったのだ。とっくにやっていただろう。

乃井はもちろんその目的を知っている。

初音も薄々は感づいているはずだ。

だが全貌は知らない。

だから乃井にあんな条件を提示してきたのだ。

「もしかしたら、あんたが殺人犯かもね」初音が畝原の肩を放していう。

「夜まで外をうろついているんだし、お巡りから職質受けたってへっちゃらだし、警察だといって相手にドアを開けさせるのだって簡単だしね」

「何いってるんですか」畝原が引っ張られたコートの皺を伸ばしながらむっとした顔で言い返す。

「正直にいいなよ。あんたら、普通の刑事とは仲悪いんだろ。そっちには黙っててやるからさ」

「わけのわからないことをいわないでくださいよ。人聞きが悪い。関係ありませんよ」

いいながらじわりと初音から手の長さぶん距離を空けるのを乃井は見逃さなかった。この刑事、やはり初音を怖がっている。

「ま、今日はもう帰るだけだからあんたも帰りなよ」

力の抜けた初音がいった。ぷいと背を向けて歩き出す。畝原が乃井の顔を見たので軽くうなずいた。

乃井が追いつくと初音が前を向いたまま、

「アホらし。疲労が増しただけだったね」といった。

事務所に帰り着くと、先に戻っていたゆかりと今日あったことを報告し合う。ゆかりが報告書を作成し乃井は目を通した。コピーをとり、依頼人に郵送すべく封筒に入れる。

ゆかりが、会ってきたという赤い絵を描くアーティストの話をした。スマホで画像を見せる。本人の写真を見た初音が「真っ赤な絵ばかり描いてますけどー、わたしは犯人じゃないですよー」というと、ゆかりが「どうしてしゃべり方がわかるの?」と目を剥いた。初音は「何となくさ」といった。この娘はときどき思いもよらない才能を発揮することがある。

疲労で心が飽和状態になっているのはゆかりも同様らしく、今夜は誰も意見をいおうとはしなかった。また明日といって解散する。

成功報酬型の仕事はいわば二進法だ。ゼロか一しかない。一日たつごとに乃井の頭の中でゼロの割合が大きくなっていく。
「気をつけて帰るのよ」乃井は出て行くふたりに声をかけた。
「所長もですよ。誰が来ても絶対にドアを開けちゃだめですよ」ゆかりがいう。
乃井は笑顔でうなずきつつ、目は黙って去っていく初音の背中を追っていた。

第二章　出自の迷い子

1

「私の本当の親を見つけたいの」

高校の制服姿で現れた初音はそういった。まだ話し方は普通の女の子っぽかった。やせっぽちの、しかし映画でしか見たことがないような意志の強そうな目をした子だった。

持っている鞄に手を入れ、封筒を取り出して乃井に差し出してくる。

「とりあえず十六万あります。足りなくなったら追加します」

「バイトしてためたの？」乃井が尋ねるとうなずいた。

「引き受けるかどうかは話を聞かないとわからないわ」

乃井は封筒を押し返しながらいった。

「どういうことなのか話してくれる？」

ソファの方を示すと素直にそちらへ向かう。

「コーヒーは平気？」

うなずいたので作ることにする。

「今、私は母親と暮らしています。これまで何人もの父親代わりの男たちと暮らしてきましたが、実の父親の顔は知りません」

作ったコーヒーをひと口飲むと、初音がぽつぽつと話し始めた。

「ずっと前からおかしいとは思っていました。母親と自分はまったく似ていないし」

スマホを取り出すと操作してから乃井に差し出す。写真が出ていた。中年の女性だ。乃井は正面に座る高校生と顔を見比べた。冷静にみて、たしかに似ている要素はないかもしれないと思った。中年女性の方は初音に比べてあきらかに鼻筋が太く、額が狭い。各パーツもそうだが顔の形にも類似点が見られない。

もっとも父親似であればそういうことは珍しくない。似ていない実の親子などざらにいる。

「似ている似ていないなんて何の証拠にもならないと思ったでしょ。もちろんそれだけで疑いを持ったわけじゃありません。酔っぱらった母親がふと洩らしたことがあったんです。この子、取り違えたんじゃなかろうかって――」

初音は徐々に饒舌になっていった。

「そのときはべつに真剣に受けとめませんでした。母は今完全なアル中なんですけど、昔から酔っぱらうとわけのわからないことを喚き散らしたりしましたから。喧嘩になると特にひどいことをいいましたし。

けど心の中に疑惑の種がまかれたことはたしかでした。やがてそこから芽が出て成長していきました。

いくら顔が似ていなくても、実の親子ならどこかしら似たところがあったっていいですよね。声とか骨格とか、髪の生え際の形とか首や腕のついている角度とか。顔が全然違っていても後ろ姿がそっくりなんて親子もいます。

私は自分の体の各部分、後ろ姿なんかも撮影して母親と比べてみました。どこを取ってもほんの少しも似たところがありません。まるで別人なんです。

バーで働いていたころの母親はそこそこ綺麗で、うちに転がり込んでくる男にも事欠きませんでした。ごく短期のものまで含めると、どれだけの男と一緒に暮らしてきたか、私も思い出せないほどです。

中には私に色目を使ってくる男もいましたから、小学校の後半からは、手に鋲付きのブラスナックルをはめ、枕元にはこれ見よがしに大きなサバイバルナイフを置いて寝ていました。近くでほんの小さな物音がしても飛び起きるようになりました。その甲斐もあって今まで一度も襲われずにすんでいます。

男が寄り付かなくなってくるにつれ、母親のアルコール摂取量が増えていきました。お酒を飲んで荒れるから嫌われるのに、ますます悪循環です。

頭の方も徐々におかしくなっていきました。お酒を取り上げても、学校へ行っている間に買ってきてしまうのでどうしようもありません。生活保護でもらったお金のほとんどをお酒に費やすようになりました。

私は母から少しずつ、自分が生まれたときの話を聞き出していきました。母は母子手帳を持っていないし、私が生まれた当時のことがわかる物など一切残していません。への緒を取ってある人もいるみたいですけど、そんな物ももちろんありません。

当時一緒に住んでいた男との間に子どもができ、産婦人科に通ったことは聞き出しました。病院の名前もわかっています」

初音が鞄からメモ用紙を取り出して乃井にわたしてきた。手書きで「幾野《いくの》産婦人科」とある。

「よっぽどそこへ押しかけようかと考えましたけど、行ってどうなるかと考えるとあきらめざるを得ませんでした。私が行ったところで相手が取り違えの事実を認めるわけがないし、まして一緒の時期に生まれたほかの子のことを教えてもらえるとも思えないし。

それにその医院、最近院長が死んだみたいで医院が閉鎖しちゃったんです。

もう八方塞がりな気分になって、どうすればいいかわからなくなって——」

「それでここへ来たのね」乃井が話を引き取るとうつむき加減で小さくうなずいた。

「待って。温め直してくるわ」

　初音がカップを持とうとするのを制してコーヒーを温め直した。

　一度生まれた疑惑はそう簡単に消せはしない。この娘がいうように、生まれた病院で取り違えられたというのは本当なのか。今の話だけでは決定的とはいいがたい。母親と自分の違いをいくらたくさん見つけたといっても、すべて主観的なものだ。本人の大いなる勘違いである可能性もある。いや、そちらの方が高いのではないか。

　ただ、ここまで思い詰めているとなると、違ったら違ったでともかく結果にたどり着けなければ、この娘の欲求は収まらないだろう。結果がどうあれ、それを知って乗り越えないことには未来が開けないような気持ちでいるのではないだろうか。

　乃井は温かいカップを持って初音の前に戻っていった。

「で、あなたは私に何をやって欲しいのかしら」

　乃井がいうと、初音が正面から見返してきた。黒目と白目の境がくっきりとした力強い瞳だ。

　このとき自分と初音の今の関係が決まったのだと思う。

　この娘をできればそばに置いておきたい。手放したくないと思った。思ったというよりそう感じた。

　これで別れてそれっきり。この娘と二度と会わない。そんなのは嫌だと思ったのだ。

「自分が何者なのか知りたいんです。そのための手助けをしてください」

黙って見つめる乃井に断られると思ったのか、初音の声にさらなる切実さが加わる。

「今、自分と母との関係は微妙です。自分のアイデンティティが曖昧な状態でこれ以上耐えられそうにありません。もう頭の中がバラバラになりそうで」

「それで、もしも本当の母親が別人だとわかったら、お母さんを棄てるの？」

乃井は尋ねた。

「わかりません。アル中の治療を受けさせるにもお金が必要です。いろいろひどい目に遭わされてきたけど、少なくとも今の状態では放り出せません。まずはお金を稼がなければ。でもそれより、自分の立場をはっきりさせたいんです。今後何をどうするにしても、このままではどうにもならない気がするんです。

私、何度か母を殺そうと思ったことがあります。泥酔状態の母に強いお酒をたくさん飲ませてしまうとか、冬の夜に外に放置するとか、頭の中で何度も何度も考えました。

こんな宙ぶらりんな状態が続くなら、いつそういうことをやってしまうかわかりません」

最後のは、いうつもりのなかったことなのだろう。初音はまるで、返されると予想される全部の批判を締め出すように両手で耳を押さえてうなだれた。

殺人シミュレーションか。若い娘のことだ。自分で作ったストーリーにはまり込み、信じ切ってしまっている可能性もなくはない。まあ調べればはっきりすることだ。乃井の中にはそう思っている冷静な自分がいた。

にもかかわらず心のより深くで、もう決めていた。この娘に感謝されたい。もっと一緒にいたい。

「わかったわ。引き受けましょう」

乃井がいうと初音がぱっと顔を上げる。またあの瞳で見つめてくる。

「どうもありがとうございます。料金の方は足りなくなったら必ず――」

「十六万は着手金としては充分だわ。けど、この調査の途中できっと足りなくなる」

「私、バイト掛け持ちします」

「いいわ。バイトはやめなさい」

「えっ?」

「ちょうど助手が必要だと思っていたのよ。あなた、ここで働きなさい。調査料のぶん働いたら、そこからあとは給料を払うわ」

思ってもいなかった台詞が乃井の口からすらすら出た。

まだこの娘が嘘をついているかどうかもわかっていないじゃない。

いや、わかっている。この娘は嘘つきじゃない。

嘘つきはわかる。自分が嘘つきだからだ。誰に対しても、どんな嘘でも平気でつける。視線を微塵も動かさず、髪や顔に手をやることもなく嘘をつき、ばれたことなど一度もない。自分はそんな人間だ。

この調査ではやばい橋をわたることになる。経験上、乃井はそう確信していた。ふたりの親子関係を確定させるためには両者のＤＮＡが必要になるからだ。髪の毛、皮膚、爪。検体を相手に悟られずに入手するためにいろいろな工作を考え出さなければならない。法律の枠を踏み越えることは考えるまでもなかった。

2

初音から聞いたとおり、幾野産婦人科は閉院していた。

三か月前、院長が六十歳で病死したためだという。

医院は二十七年前に開設。自宅と一体化した建物で、現在はそこに妻がひとりで暮らしている。子どもはいない。その程度のことは情報屋を使うまでもなく乃井が調べた。

初音が生まれたのが十七年前の七月。まずは初音と同時期にそこで生まれた子どもの記録を見つけることだ。

乃井は医院のある場所を目指した。

医院に記録が残っているかどうか。当たってみなければわからない。すでに破棄されているとすると調査の困難さは計り知れないほど高くなるが、今それは考えないことにした。

電車とバスを乗り継ぎ、旧医院の前に立ったとき、乃井は希望の光を見たような気がした。幾野産婦人科の看板がまだ残っていたからだ。中の物もまだ片づけられていない可能性がある。院長が亡くなって三か月というのが微妙なタイミングだ。これが何年も前だと絶望的だった。医院の建物は住宅地の一角にある。付近の様子をうかがいながらさらに考える。

もうひとつ期待できそうな点がある。院長が六十歳と、相応の年齢だったことだ。もっと若い医師だったら、カルテが電子カルテのみの可能性が高い。とすれば記録はパソコンの中にしかないわけで、見るためには当然ながらパスワードが必要になる。そこを突破するのが難しいことはいうまでもない。

たとえ家族から協力的な態度が得られたとしても、パスワードなど知らされていない可能性の方が高いだろう。

個人がランダムに設定したパスワードを見つけるには、専門家を連れてくればすむという問題ではない。キーワードはもちろん、文字数や使われたフォントのひとつすらわからない場合、自動で次々に文字を当てはめていく専用ソフトを使ったとしても何か月も発見できない場合があるのだ。それはもう、人間だとわかっているだけで名前を探り当てる作業に近い。

その点、当年六十だったという院長なら、紙のカルテを併用していた可能性がある。レセプトと呼ばれる診療報酬請求書はパソコンで作成するものの、昔からの習慣も守り続けていて、紙カルテを使っていたかもしれない。少し前にある医師を調査したときに知ったのだが、いまだレセプトすら手書きで通している医師が全体の五パーセントほどいるということだった。

法律上の紙カルテの保存期間は十年間だが、十年たつごとに古い物を几帳面に棄てていく人は少ない。おいそれとその辺に棄てられない物ならなおさらだろう。もしも幾野院長が紙カルテを使っていたとしたら、残されている可能性はかなり高いとみていい。

乃井は仕事に関しては楽観的に考える質《たち》だった。

院長の死後、家族が廃棄してしまっている可能性もあるが、診療時間が書かれた看板すらそのままであることからして、内部の物が手つかずであることも大いに期待していいのではないだろうか。

ただ、いきなり訪ねていった他人がカルテをすんなり見せてもらえるわけがない。今や個人情報保護という言葉を知らない人間などいない。個人の病歴や治療歴が書かれたカルテは秘密保持レベルで考えても最高クラスだ。見せてくださいといって、はいどうぞとなる可能性はゼロだ。下手な出方をすれば相手の警戒心を高めるだけだろう。

乃井は、医院とはべつについている自宅入り口のドアに向かった。心を決めてインターフォンのボタンを押す。

「はい」予想通り年配女性の声が答える。年寄りひとりだけならありがたい、と乃井はまるっきり泥棒と同じことを考えた。

「わたくし、野山法律事務所から参りました佐藤と申します。少々お尋ねしたいことがございまして」

間違いなくドアを開けてもらえるのが法律事務所だ。むげに追い返す人間にはまだ会ったことがない。偽の名刺を手に乃井は待った。

三十秒ほどして不安顔の女性がドアを開ける。ドアチェーンもしていない。人を迎える際にドアチェーンをするのは、その人自身に後ろ暗いことがある場合だけだ。大抵の日本人はそんなことをするのは失礼だと思っている。

「こちらの院長先生は亡くなられたんですね」乃井はいった。名刺を相手の見やすい位置まで持ち上げる。相手が名刺から目を離すと自然な動作でそれをしまった。偽物である証拠を残すようなことはしない。

「ええ。三月になります」やはり六十前後と思われる女性が目を細めて乃井の顔を見る。

「私どもの依頼人に、昔こちらの院長先生に大変お世話になったという方がおりまして、是非とも近況をうかがってきて欲しいといわれて来ました」

「あら、そうなんですか」相手の不安そうな表情が幾分やわらぐ。

「では、ちょっと散らかっておりますけど、どうぞお上がりください」

「ありがとうございます」

男だったらここまですんなりとは上げてもらえないかもしれない。やはりこうした調査は女性の方が向いている。

女性が出してくれたスリッパを履き、薄暗い室内に入る。絨毯敷きの廊下は掃除が行き届いており、「散らかっている」はたんなる社交辞令だとわかる。

通された十畳ほどの広さの部屋は昔ながらの応接間といってよく、刺繍模様の入った布張りのソファが低い幅広のテーブルを挟んで対峙している。そのひとつに女性が乃井を座らせた。

「少々お待ちください」

「突然うかがった者です。どうかおかまいなく」

女性が笑顔を見せながら出ていく。

乃井は室内を見渡した。部屋は一応洋間だが壁に墨絵がかかっていたりと和洋折衷感がある。全体が年齢相応の落ち着いた色合いで統一されていた。

「若い方のお口に合うかしら」

女性がトレイに載せた紅茶と薄いピンク色の和菓子を運んできた。カップと受け皿はロイヤル・コペンハーゲンだ。

「さっそくですが、亡くなった理由をお尋ねしてもよろしいでしょうか」

「ええ。もう突然のことで。脳溢血ということでしたが、朝になっても起きてこないので見に行ったら体が冷たくなっていて」

顔はうつむき加減だったが声の方は割と淡々とした調子だ。

「それは奥様も大変でしたね」

「ええ。そりゃもう、あとのことが大変で大変で。通っていらした患者さんはもちろん、弁護士さんや税理士さん、そのほか、ひと月の間にどれだけ電話をかけたか数え切れませんでした。忙しさでおちおち悲しんでいる暇もありませんでしたわ」

しゃべっている感じからして比較的ドライな性格なのだろうと乃井は見当をつけた。

「医院の方はどなたかがお継ぎになられるのでしょうか」

「いいえ。建物も古いですし、うちは跡継ぎもおりませんから、続けようとは考えておりませんわ」

「そうですか。先ほども申し上げましたが、かつて院長先生に大変お世話になったという方から頼まれまして、お亡くなりになったことはわかったのですが、では最後までお元気にすごされていたわけですね」

「ええ。もう前日まで普通にすごしておりまして。そちら様はここでご出産なさったお方なんでしょうか」

「ええ。もう十七年も前ですが、そのときに院長先生からかけてもらった優しい言葉が忘れられないそうでして」

「まあそうでございますか」

少々照れ臭そうに微笑む。名前を尋ねられたらでっち上げるところだが、どうやら聞いても意味がないと悟っている様子だ。

「では、医院の中などはまだそのままの状態なのでしょうか」

「ええ。いずれは片づけなければならないんですけど、いまだ手つかずで」

「医療用の機器など、処分するのは大変なのでしょうね」

「おそらく、その辺には捨てられない物ばかりだと思います。私にはよくわからないので、近々主人の弟に来てもらうことになっていますわ」

「弟さんもお医者さんをなさっておいでなんですか」

「そうです。横浜で小児科医を」これは要注意だ。

「ではこちらの医院は完全になくなってしまうんですね。依頼人の方にもそうお伝えしたいと存じます。いつごろお片付けされるご予定でしょう」

「今度の土曜に一度来てもらうことになっておりますわ」女性が記憶をたどるように首をかしげた。なんとたったの三日後だ。その日にカルテが持ち去られる可能性は低いかもしれないが。

「このおうち自体はどうなるのでしょうか」

「まだそこまでは考えておりませんわ。でも私ひとりになりますから、こういう家ももう必要ありませんし」あらためて見渡すように女性が首を動かす。

「では、いずれこの建物もなくなってしまう可能性があるわけですね」

乃井はいかにも自分の依頼人がそれなら一度見に来ようといい出すかもしれないというニュアンスを込めていった。

「かつていらした方々にお知らせしようかとも考えたんですけど、それも無理かと思いましてね」

「それはそうでしょう。二十年以上開業なさっていたとなると、患者さんもかなりたくさんおいでてでしょうし」

乃井の言葉に女性がうなずく。

「人生、わからないものですわ。主人がいたころは、友達と会うのもそうしょっちゅうはできませんでしたから、日を選んで連絡を取り合ったりしていましたのに、いざひとりになってみると、なんだか友達と会いたい気持ちもそれほどではなくなってしまって」

「それはまた時間がたてば変わってくるのではないでしょうか」

「ええ。きっとそうでしょうね」

口がほぐれてきたのか、にわかに饒舌になった女性が姪や甥のことを話し始めた。乃井も失礼にならない程度に興味を持った顔で相槌を打った。

適当なところで相手をしてくれたお礼をいい、まだ話し足りなそうな院長の妻に別れの挨拶をした。

「お話がとてもおもしろかったです。またいつかうかがいたいと存じます」

乃井がそういうと相手の顔がぱっと嬉しそうになった。

「まあまあ、何のおかまいもできませんで」

嘘をついたわけではない。

乃井はすぐにまたここへ戻ってくるつもりだった。

3

いったん幾野産婦人科が見えなくなるところまで来ると、乃井はそこから引き返した。万が一、外に出てきた夫人と出くわしたら、何か忘れ物をした気がするといえばいい。

乃井は慎重な足取りで医院の方のドアに近づいて行った。この時点で夫人から見咎められたら医院の写真を撮りたいというつもりだ。

ドアは医院によくあるガラスの自動ドアではなくしゃれた造りの木製だ。

立ち止まって気配をうかがう。夫人は出てこない。乃井はしゃがんで鍵穴に顔を近づけた。鍵が普通のシリンダー錠であることを確認する。

ふたたび帰路につく。

あとは夜だ。

自宅兼事務所に戻った乃井は装備を確かめるべく奥の部屋に入った。壁際にあるアイボリーのタンスに近づく。

タンスの一番上の段は左右ふたつに分かれていた。その右側を引き出した。それを開いたままにして今度は左側も引き出す。引き開けたばかりの左側を半分だけ戻し、右側の引き出しを完全に閉じてからもう一度開ける。すると、最初に開けたときとはべつな中身が現れる。この引き出しは二重底になっているのだ。二度目に出てくる引き出しの方には、人に見られたくない物が入っていた。これまではないが、誰かから訴訟でも起こされた場合、警察から家宅捜査を受けることだってないとは限らない。

一度テレビのサスペンスドラマでこれと同じ引き出しを見たことがあるが、この使い方は出てこなかった。カラクリを知らなければ、一生使い続けてもわからないようになっているすぐれものなのだ。

二度目に出てきた中身には開錠道具の数々があった。今はもう簡単には手に入らない物ばかりだが、平成の中ごろまでは普通の金物屋でも売っていた。先端がさまざまな形に加工されたドライバー状の道具。乃井はそのいくつかを取り出し、やはり二重底になったバッグの下段にしまった。持っているところを警察に見つけられたらやっかいなことになるのはいうまでもない。

ワイヤーカッターは大きいので大変だ。バッグには収まらないのでべつに持っていかなければならない。患者が出入りするドアにチェーンはついていないような気もするが、持っていかなかったせいで断念する羽目になったら二度手間だ。ドアチェーンは小型ニッパーなどでは切れない。

結局ワイヤーカッターは紙袋に入れていくことにし、いざとなったら捨てることも覚悟する。

赤外線用暗視ゴーグルなどは必要ないだろう。室内の作業だ。明かりが外に洩れないよう気をつければいい。

初音の母親と同時期に出産したほかの女性のカルテを調べる。場合によっては写真も撮る。そのために医院に忍び込むのだ。乃井は自分がこれからやるだろう手順を頭の中でシミュレーションした。

院長の弟である小児科医が土曜日に来ると妻がいっていた。来週にはカルテなどなくなっているかもしれない。事前に知ることができたのはラッキーだと思うべきだろう。ただ、そういう予定はずれることもあるものだ。ともかく少しでも早くやるに越したことはない。

準備はととのった。夜十時をすぎればあの辺りにはほとんど人通りはないだろう。十時から終電に間に合う時間までが勝負だ。

事務所のインターフォンが鳴った。

「はい」

「あたしです」

ドアののぞき穴から外を見る。初音が立っていた。

「何の用？」

「産婦人科に行ってきたんだろ。どうだった」

前回とは別人のような砕けた話しぶりだった。これが本来の話し方なのだろうと思いつつ乃井は脇にどいた。初音が室内に入ってくる。

「まだ何もわからないわ。それに私はあなたの用件だけが仕事じゃないのよ」

「はったりはナシでいこう。どう、昔のカルテは見られそう?」

「だからまだわからないって」

「そんなこといって。もう忍び込む計画くらい立ててたんだろ。あたしだって、カルテを向こうから見せてくれるなんて思ってないもん」

学校帰りなのだろう。制服姿のままどっかとソファに座る。態度も前回とは完全に別人だ。

「なあ、あたしも連れてってよ」

「だめよ」

「やっぱ忍び込むんじゃん」

「バカね。たとえどんな用でもあなたを連れて行ったりしないわ。帰らないとお母さんが心配するわよ」

「ふん。どうせ酔っぱらって寝てるだけだよ」

「とにかく、終わったら結果は教える。それだけ。さあ帰って」

「帰れって、あたしはここの所員になったんじゃないの」

「ともかく今日はもう業務終了。帰っていいわ」

「わかったよ。じゃあしっかりね、所長どの」

ソファから立ち上がった初音がドアへ向かう。外へ送り出した乃井はドアを閉めて鍵をかける。

馴れ馴れしくなるのが早すぎるんだよ、初音。

ちょっとうれしかったけど。

夜十時、乃井はふたたび幾野産婦人科の前に立っていた。予想通り人通りはない。

医院のドアに近づきながら、薄手の手袋をはめた手でバッグの二重底から道具を取り出す。鍵穴の前でしゃがむと、基本の一本ともう一本を使い始める。この作業に明かりは必要ない。手指に伝わる感覚で充分だ。

動かすこと三分。カチャリと音がし、ドアそのものが息を吹いたような感触が伝わって来た。長い間開け閉めされていないドアは、動かすと異様なほど大きな音を立てることがある。乃井はスプレー式の機械用オイルを取り出し、細いノズルを蝶番部分の隙間に当てて中身を吹きかけた。

道具を全部バッグにしまってからあらためて周囲の気配を探って安全性を確かめると、乃井は慎重な手つきでドアノブを握った。

ドアノブは予想通り動き出しに力が要《い》った。だがいったん動き出すとあとはスムーズに回る。回りきったと思ったところで外開きのドアをうしろに引く。ガシッという金属同士がこすれる音がして少しだけドアが開く。ドアチェーンはない。スマホのライトで中を照らしてみた。ぽっかりと空間が広がっている。当然ながら中は待合室だ。物置と化している様子もなく、充分入っていけそうだ。乃井はゆっくりドアを開けていき、体の幅ぶん開いたところで中に入った。

曇りガラスがはまった窓はかなりの大きさだが分厚いカーテンがかかっていた。それでも乃井は明かりを両手で覆いながら床をさっと照らした。床に障害物はない。左側に院内へと通じるドアがあった。こちらは木製だ。そのすぐ脇に張り出したテーブルと互い違いのガラス戸で仕切られた受付がある。

乃井はドアノブを握った。回転錠がついていたが鍵はかかっていなかった。ゆっくり回してドアを開ける。

消毒液などの匂いはしない。それは閉鎖してから日にちがたっているせいなのか、それとももともと匂いはしなかったのか。乃井はあまり病院へは行かない。消毒液が匂ったのはずいぶん昔の話なのかもしれない。

診療室内をライトで一閃する。中央に大きな布の塊があった。近づいて布をめくってみる。思ったとおり、それは産科特有の診察台だった。チェアの両脇に足を載せるバンド付きの台がついている。この上でどれだけの数の女性が足を開いたことだろう。

振り返って明かりを照らすと受付の裏側にあるデスクが見えた。上がぽっかり空いた感じを受けるのは、本来そこにパソコンやらレジスターやらが置かれていたせいだろう。レジスターなどはリース業者が持って行ったに違いない。

紙カルテがあるならこの近くなのではないか。

デスクの上にも下にも扉付きの棚がある。乃井はまず上の棚の扉を開けてみた。ファイルケースの背が並んでおり、中が綴じた紙の束で一杯になっているのがわかる。ケースの背に手書きのラベルが貼られており、平成二十八年〜というように年月がマジックペンで書き込まれていた。試しに一冊を抜き出してみた。

ビンゴだ。患者氏名、初診年月日で始まる、横罫の入ったA４用紙の束。カルテだ。

ファイルケースをもとに戻し、ずらりと並んだラベルに目を走らせる。ここには平成二十五年以降の物しかないようだった。

扉を閉め、下の棚の扉を開ける。ライトで照らしながらラベルを見る。そこにも十五年からあとの物しかない。初音が生まれたのは平成十三年。あとひと息足りない。さらに古い物はどこにあるのだろう。こういう物はあまり分散させて置いたりしないはずだ。

乃井は辺りを見回した。受付の横にある通路を隔てたところに、部屋とは呼べないほどのへこんだ空間がある。その壁際に扉が見えた。

そこに移動し、扉に手をかけて開く。あった。

素早く目を動かして平成十三年四月から平成十四年二月までのカルテのファイルを見つけ出す。それを引き出すと中の紙を繰《く》った。

平成十三年七月八日、真下容子という人間が入院している。初音の母親だ。そのカルテを読み進む。専門用語や略語などはわからない。書かれた数値の意味も同様だ。だが特に異常は認められなかったらしく、十三日に無事女の子を出産したことがわかった。初音だ。もちろんその名前は出てこないが。

問題なのはその前後のカルテだ。乃井は慎重に調べを進めていった。男の子は除外していい。初音と同時期にここにいた、女の赤ん坊を生んだ女性を見つけなければならない。

結果、わかったのはふたりの該当者がいるということだった。

横手真由美《よこてまゆみ》、昭和四十八年生まれ。渕村千穂《ふちむらちほ》、昭和四十六年生まれ。このふたりの女性が真下容子と前後して女の赤ん坊を生んでいた。横手の方は同日、渕村の方は一日あとだ。

仕事の関係上、複数の赤ん坊を同時にお風呂に入れることもあるだろう。そんなとき、生まれたばかりの赤ん坊が取り違えられたりするのではないだろうか。これまで実際にそういう事件が複数起きているのだから、あり得ると受け止めなければならない。産道を潜り抜けてきたばかりの赤ん坊の顔はそのときの圧力によってさまざまな変形を受けており、まだ顔貌が固定しているとはいいがたい。生んだ母親だって直後にすり替えられたら気づかないこともあるだろう。

念のため、乃井はもう少し範囲を広げて調べてみた。ほかには見つからない。普通に生まれた赤ん坊はせいぜい一週間で退院していく。カルテにはもちろん退院日も記されていた。

初音と同時期にここにいた赤ん坊は、たった一日重なっただけのものを含めても、あとは男の子ばかりだった。

乃井は該当者である横手真由美と渕村千穂のカルテの表紙を撮影し、また手帳を取り出してメモも取った。どちらもこの時点では都内の住所だがなにせ十七年も前だ。引っ越している可能性も大いにある。

手帳をしまうとカルテを元の位置に戻した。戸棚を閉め、周囲を見渡して変化がないことを確認する。それから待合室に戻り、外の気配をうかがうためにドアを少しだけ開ける。

「大丈夫。誰もいないよ」

突然声がして乃井は心臓をつかまれたような気がした。知っている声なのだがおどろきのあまりすぐには誰かわからない。

「ふふふ。ごめんよ」

もちろん初音だ。ドアのすぐそばに立ってこちらを見ている。乃井は開けたドアの間から睨んだ。

「もう。おとなしく待っていられないのね。所長命令に背いたわ」

「だからごめんて。さ、早く出てきなよ」

乃井は仕方なくいわれた通りに外に出た。しゃがんでドアの鍵を元通り掛け直す間、初音が背後を見ていた。

「あったの？」

思い切りずうずうしいくせにそこだけ遠慮がちに訊いてくる。乃井は答えようかどうしようか一瞬迷ったが、ここで拗《す》ねるのも大人げないかと思い、そっけなくうなずいた。暗い中でも初音の表情がぱっと輝くのがわかる。

「へえ、やったね。さすが。やっぱ頼んでよかったわ」

乃井は目いっぱいの速足で歩いた。自分の動揺を悟られたくなかったのだ。誰にも見られておらず誰にもつけられていないと思っていたのに、こんなことではほかの人にも見られていたかもしれない。

それとも、この娘には相手に気づかれずに尾行する才能が備わっているのか。

乃井より背の低い初音が楽にペースを合わせてついてくる。

「今日はもう帰りなさい」

「せめて相手の名前と住所くらい教えてよ」

「だめよ。それを教えたらこれから押しかけるつもりでしょう」

「まさか。もうすぐ終電って時間だよ。そんなことしないよ」

湿り気のある夜の空気。ふたりは暗い住宅街をひた歩く。虫の音が連続して聞こえる。まるで自分たちと並行して虫の集団がついてきているかのようだ。

「とにかく今はだめ。明日、学校が終わってから来なさい」

乃井が立ち止まってきっぱりいうと、少し不満顔を見せたものの初音はそれ以上ゴネはしなかった。

4

翌朝、乃井はさっそく昨日知ったふたりのことを調べてみた。

横手真由美と渕村千穂、どちらもカルテには固定電話と携帯電話の両方の番号が書かれている。このふたつがあれば、おどろくほどたくさんのことがわかってしまうことに一般人は気づいていない。今は携帯番号だけで充分といっていい。

ふたりとも都民だ。都内の電話帳を開いてみたがどちらの固定電話の番号も出ていない。載せるのを拒否したか、引っ越したのか。

携帯番号の方は変えない人が多い。乃井は手っ取り早く情報屋を使うことにした。

情報屋に依頼すると、固定電話でも携帯でも、番号から名義人の現住所を教えてもらうには二万円ほどかかる。相手が番号を非公開にしていたり隠そうとしていた場合、料金は倍ほどになり、解約していた場合も同じくらいかかる。家族構成や夫の勤務先、所有している車の情報などを知ることもできるが、とりあえずは現住所だけでいいだろう。

乃井は何度も利用している業者に電話をかけ、仕事の依頼をした。

横手真由美と渕村千穂。初音の希望通りなら、そのどちらかが本当の母親だということになる。どちらにも初音と同じ歳の娘がいて、どちらかは母親と生物的無関係。

そちらでは自分たちの親子関係に不審を抱いたりしていないのだろうか。娘が両親に似ていないことを気にかけたことはないのか。

乃井は記憶をさらった。たしか比較的最近、子の取り違えを扱った映画がやっていたはずだ。子どもは男の子で、まだ小学生だったたと思う。

現実の話でもあった。某タレントの子どもが違った件は世間を騒がせたものだ。また一般人で、すでに四十代となり、病院の記録が破棄されてしまったために今も実の親を探し続けている人の話を読んだこともある。

表に出ていないものまで合わせたら、きっとそれなりの件数が起きているのだ。決してあり得ないことではない。

乃井は想像してみた。子どもがまだ赤ん坊のうちなら、間違えたと判明した時点で交換することに抵抗も少ないだろう。ただ、その場合でも決して簡単に割り切れるものではないのではないか。

まして子どもが自意識を持つ年齢になってしまっていたら、事がより一層難しくなることは想像に難くない。はい戻しましょうと簡単に交換するわけにはいかないはずだ。たとえどちらかの親が交換に積極的だったとしても、それだけで事がスムーズに運ぶとは思えない。

特に子ども本人にとっては、それまで生きてきた自分の人生の歴史が全部否定されたような気持ちになるのではないか。ずっと親だと思って一緒に暮らしてきた両親と、まるで知らなかった実の親。それらを一日にしてあっさり交換して何の痛痒も感じないなんて考えられない。下手をすれば精神的におかしくなってしまう場合もあり得る。

子どもの年齢がはるかに進み、成人した後だとまた事情が変わってくるだろう。本物の両親がわかったとして、会ってみたいとは思うだろうが、果たして一緒に住みたいと思うものだろうか。特に、親から独立する年齢を超えた人であれば、もはや真の親であろうとそこから同居したいとは思わない可能性が高くなる気がする。

そして、時間がたってしまっているぶん、調査が大変になることは現実の例からしても明らかだ。問題が、とにかく本当の親に会ってみたいという一点に絞られるのかもしれないが、本人にとってそれは相当切実なものだろう。

いま十七歳の初音はどうだろう。微妙な年齢だ。それだけに気になる。一途なところのある娘だということはもうわかった。もしも本物の両親が判明したとして、あの娘が、今の立場と入れ替わりたいと強烈に願ったとしたら、一体どういうことになるだろう。

初音が一緒に暮らしている母親はアル中なのだという。本来自分がなるべき境遇の娘が両親と幸せに暮らしていたとしたら――。

あの娘は一体何をしようとするだろう。

あの娘を失わないために、自分はどうすればいいだろう。

乃井の脳裏を黒い翳が横切っていく。

情報屋から電話がかかってきた。ふたりとも引っ越していることがわかった。現在の住所を教えてもらう。横手真由美の方が瀬田区、渕村千穂は根黒区に住んでいる。どちらも遠方でなく助かった。番地からしてどちらも集合住宅に住んでいるようだ。両方ともネット上の地図でざっと確認した。

乃井はさっそく行ってみることにした。望遠レンズをつけたカメラをバッグに入れ、駅に向かう。

どこの探偵事務所でも、仕事で一番多いのは浮気調査だ。今回の調査も、面取りまではそれに準じたものになる。面取りとは探偵用語で本人であることを確認することだ。

浮気調査の場合、依頼者である配偶者から事前にターゲットとなる被調査者の写真を提供されることが多い。今回はそれがないので少々大変だ。本人であることが確実にわかるように、ターゲットの自宅のドアが見えるところで見張らなければならない。建物の形式や立地によってはそれが非常に困難な場合がある。

どうしても確認できなければ、最悪、宅配便業者を装い、偽の届け物を作って相手にドアを開けさせることも考えなければならない。最近は宅配便業者を装う本物の犯罪者がたくさんいるので、できれば避けたい方法だ。警察に通報される恐れがある。その場合、防犯カメラの映像が押収され、分析されることもあるだろう。

エレベーター内のカメラは乗らなければ避けられるが、マンションエントランスのカメラに映らないよう避けて通ったりすれば、その行為を目撃された時点で即疑われてしまう可能性が高い。乃井のことを知っている刑事もいる。眼鏡やマスク、帽子などで変装したくらいでは、写真が出回ったときに一発で見分けられてしまうだろう。

できれば離れたところから視認したい。

浮気調査の場合、メインとなるのは尾行なのだが、今回はその必要がない。ターゲットの面取りをし、写真撮影に成功すればそこまでだ。調査されることを意識し、顔を隠して逃げ回るターゲットもいる浮気調査と比べたらはるかに楽なものである。

それに今回乃井は、とりあえず母親の顔だけでいいと思っている。父親や初音の同年である娘は必要になるとしてもその後だ。

どちらかが初音に似ていた場合、その人の髪の毛などを採取する。そういう流れになるだろう。

そう思っていた。

もちろん、方針だけ決まっていても簡単ではない。面と向かって髪の毛をくださいというわけにはいかないからだ。一家の生活習慣を調べ、留守宅を狙って忍び込み、ブラシなどから髪の毛を採取してくる。ふたたび泥棒と同じことをやらなければならない。

家族でブラシを共有していた場合、そこから取ってきた髪が誰のかわからない。できればべつな物を使っていて欲しかった。ただ、仮に共有していたとしても鑑定結果は出る。母親か父親の毛であれば、初音、もしくはその家の娘との親子関係の有無がわかる。A、B、C三種類の毛髪の中の二種類がどちらも親子だと判明すれば、初音とは無関係だということだ。

そのためにはサンプルを数多く取ってくる必要がある。三人家族だったとすれば、なんとか三人全員の毛が欲しい。

三種類のうちの少なくとも二つは、互いに無関係と出るはずだ。夫婦には血縁関係がないのだから。残りの一つがほか二つと親子関係にあるか、あるいは初音との親子関係が証明されるか。それがはっきりすれば業務終了である。

横手真由美の家は駅から歩いて十分ほどの場所に並んだ団地の一室だった。三階だ。常駐の管理人などおらず、防犯カメラもないのは助かる。乃井はまず一階にある郵便受けをのぞいて名前を確認した。33のところに横手と書かれている。

いったん建物から離れ、辺りを調べた。怪しまれることなく33号室からの出入りを見届けられる場所があるかどうか。

同じ形をした団地が前後に並んでいるため、どうしてもすぐ後ろの団地との間にいなければならないことがわかる。ほかの団地を挟むと何も見えなくなってしまうからだ。

午後九時半。通勤時間がすぎているため人通りはほとんどない。遠くに散歩らしき年寄りの姿があるだけだ。

少しの間なら、こうして用もなく立っていてもセールスレディか何か仕事をしている人間だと思ってもらえる。まず一時間だ。経験上、乃井はそう判断した。通りがかりの人間が自分をじっと見たりし始めたら、それより短くてもいったん離れる必要がある。怪しまれれば、女性だろうと通報される恐れが出てくるからだ。のちに泥棒同然のことをすることを思えば、できるだけ警察に目をつけられるのは避けなければならない。

団地は階段を挟んで左右にドアがある典型的な造りだった。階段を下りてくるとき体が正面を向くので外からでも撮影しやすい。どのドアから出てきたかも特定しやすいタイプだ。乃井は団地に対して正面を向かないように立ち、横目で様子をうかがうことにした。

十五分ほどたったとき、乃井の目が奇妙な人間をとらえた。

古臭い型のレインコートを羽織り、腰を曲げるようにしながら団地の間を歩いて来る人物。普通の人にとっては、どうということのない人間だ。しかしながら乃井の目はたちどころに同業者の匂いをかぎつけた。蛇の道はヘビといったところだ。

通常、探偵は外で同業者に出会っても声をかけない。お互い変装したり張り込みをしたりしているので、周囲に正体をばらさないようにするためだ。

乃井はレインコートの人物に近づいていった。

「そんな変装じゃすぐにばれるわよ。出直してきなさい」

「い、いや、私は——」

「浮気男の調査でしょ。駄目よ、そんなのじゃ。あなたが通報されるのは構わないけど、私の仕事の邪魔なのよ。だからとっとと立ち去りなさい」

「ええっ、それじゃあなたも」

付け髭《ひげ》をしているものの女の声が丸出しだ。恰好と歩き方から乃井は女性だととっくに見抜いていた。服装だけ変えても駄目だということすら知らないらしい。大手の探偵事務所に雇われた新米だろう。

「どこの探偵事務所？」

「えっ、金井探偵社です」乃井の知っている所だ。素人を使って雑な仕事をするのは前からである。

「そう。じゃあ帰って社長にいいなさい。乃井さんからダメ出しを食らいましたってね」

ヘンテコな女探偵が立ち去ると、乃井はふうっと息を吐いて見張りを続けた。

一時間ほど粘ったものの33からの出入りはなかった。仕方ない。いったん切り上げよう。もう一軒の方を廻り、午後にでもまた来てみよう。調査は、結果が出るまでこうした積み重ねだ。


乃井は電車に乗り、渕村千穂の家に向かった。

中根黒という駅から歩くこと十五分、セントラルハイツ中根黒と名のついた、三階建ての集合住宅だ。各階に四部屋ずつ、十二の部屋から成っている。面しているのは二百メートルほど続く、中央線の書かれていない直線道路だった。ガードレールで仕切られた歩道はかなり狭く、人同士がすれ違うのも難しいくらいだ。

こちらもセキュリティは決して誇れるようなものでないのはありがたかった。ただ、見張りに適さないのは横手真由美の住居以上である。付近に立ち寄れるような店もない。遠くの方にクリーニング店が見えるだけだ。ジュースの自動販売機があるだけましかもしれない。

二十メートル先の左脇に車が一台止まっていた。ちょうどセントラルハイツ中根黒から道路への出入りを見張れる位置だ。その車を見た瞬間、乃井の頭に黄色信号が灯った。

もちろん自分の件とは無関係だろう。ただちょっと気になる。仕事をする場所にあることはなるべく知っておいた方がいい。乃井は背後から車に近づいて行った。

紺色のセダン。いまはあまり見ない車種だ。十年くらい前のだろう。少し近づくと誰も乗っていないのがわかる。乃井は脇を通りしなにさっと車内をのぞいてみた。リアのガラスは普通の素通しだがフロント側の三枚がいずれも遮光になっていて中が見られないようになっている。警察官が通りがかったらまず怪しまれる車だ。

乃井は辺りを見渡した。道路には誰の姿もない。車のそばまで戻ると、姿勢を低くしてリアガラス越しに車内をよく観察した。前の両座席の間に見慣れない機械があるのがわかった。アンテナがついた通信装置らしき物だ。

同業者？　いや探偵ならばこんな車は使わない。探偵はなるべく警察に誰何《すいか》されないように行動するものだ。

助手席には長い望遠レンズをつけた一眼レフカメラがある。

乃井はいったん車から離れ、後ろのナンバーを記憶した。車両ナンバー照会は平成十九年の法律改正で個人ではできなくなったため、かつては三百円でできたのが万単位の金を払って情報屋に頼まなければならない。

車には、少し外しているだけですぐに戻ってくるという雰囲気があった。

乃井は素早く歩を進め、セントラルハイツ中根黒に行ってみることにした。

ハイツのある小道に入る。車が止まっていた道路から一本ずれたべつな道まで行けることが見通せた。自転車くらいしか通り抜けられない道だ。

エレベーターのない三階建てで、渕村の家が二階であることを郵便受けで確認する。階段を上り、202号室の前まで行ってみる。この造りだと二階の廊下にでもいない限り、202からの出入りを完全に見張ることはできない。

部屋の廊下側にある窓は暗く、中に人がいるかどうかはわからない。乃井は階段付近まで後退し、しばし佇んだ。ここにいれば、202号室からの出入りは確実にとらえられる。人が現れたら、いかにもセールスで寄ったふうな態度でやり過ごそう。

どこかで金属を打つ工事の音が聞こえてくる。

そこでも一時間近くすごしたものの、202の住人は誰も出入りしなかった。三階の人がひとり、階段で下まで降りて行っただけである。

階段を下りた乃井は、細道を使って建物の裏手へ出てから回り込んでみた。

先ほどのセダンはいなくなっていた。


サンドイッチとおにぎりの昼食を立ったまま取ると、午後も一時間ほど張り込んだ。そのあと再度、横手真由美の団地に戻り、そこでも一時間をすごす。

人ひとりを監視するのも、完璧を期すなら五人、最低でも三人のチームが必要だ。人数のいる探偵社ならそれができる。そこが零細の弱いところだ。いまのところフリーランスを外注するほどでもない。

立っていたのは正味四時間だが、往復の歩きも含めると結構足を使った。さすがにくたびれた乃井は、夕日に照らされながら事務所に戻ることにした。


祖師谷の事務所に戻ると、ドアの前に初音が座り込んでいた。

「お疲れ。張り込んでたんだろ」

傍らにスーパーの袋が置いてある。乃井が近づくとそれを持って立ち上がった。

「なんか作るよ。ニラとニンニクで疲労回復」

「いいわよそんなの」

「遠慮しない遠慮しない。料理代は請求しないからさ」

ドアの鍵を開けると乃井に先立って入っていく。

「へえっ、全然使った形跡がないけどいい物揃えてるじゃん。ティファールかよ」

取っ手が取れる〜などとCMソングを歌い出す。

「もらい物よ」

事務所のソファに腰を下ろして足を伸ばす。そのままじっとしていたかった。キッチンの方から何やら炒める音がしてくる。スパイスらしき香りも漂ってくる。

予想したとおり、初音が作ったのはニラレバ炒めだった。

「肉体疲労回復のためにちょい濃いめにしたよ。そこで食べるしかないね」

事務所にキッチンテーブルはない。初音が湯気の立つ皿を運んできた。ウーロン茶のボトルも買ってきたらしい。

濃いめといったが乃井にはそう感じなかった。それだけ疲れているのかもしれない。

「野菜がぱりぱりしておいしいわ。あなた上手ね」

「まあね。自分用に作ってるだけでも少しは上達すんのかな」

「お母さんにも食べさせてるんでしょう」

「あいつは味なんかわかりゃしない」

正面に座った初音が食べながらいう。乃井の皿に自分の一・五倍の量を盛っている。しばらく無言で食べ続けた。

食べ終わると初音が皿をキッチンへ持っていく。

「洗うのは後でやるからいいわ」

「いえいえ、やっときますって所長殿」

すぐに水を流す音がしてくる。乃井は情報屋に電話をかけることにした。

「はい、何でしょう」

「車のナンバー調べて欲しいの」乃井は昼間見たセダンのナンバーをいってから切る。

皿洗いの音が終わらないうちに相手が折り返しかけてきた。

「これ、ちょい普通のやつじゃないっすよ。倍必要なケース」

車両照会は一律二万五千円だ。あの車は渕村千穂とは無関係に決まっている。だが、あれを見たときの自分の勘は信じていいように思えた。

「どうせもうわかってるんでしょう。一万上乗せがせいぜいね。ダメなら切る」

「……わっかりましたよ。それ公安の車です」

「公安？」

「ええ。警視庁公安部が持ち主」

「なるほどね」たしかに簡単には見つけられないケースだ。乃井は電話を切って考えた。

あの付近に、公安にマークされている人物が潜《ひそ》んでいるのかもしれない。極左極右どちらかに寄った政治団体のメンバーか、マークされている新興宗教団体の関係者か。

下手にあの辺りをうろつけば、自分もマーク対象にされるかもしれない。

乃井は自分の勘が当たったことを感じていた。

「どうかした？」

キッチンから戻ってきた初音が訊いてきた。

「うん。渕村千穂の家のそばに止まってた車が公安の車だった」

「へえ。公安ってあの、スパイとか追いかけてるやつだ」

「誰かしら怪しいのがいるんだろうね」

「明日も見張りに行くんだろ」

「うん」

「あのさ、疲労回復に一番効き目があるやつを教えるよ」

「栄養ドリンクなら飲まない。むやみとカフェインが入ってるから」

「そんなんじゃないよ。重曹さ」

「重曹？」

「そ。普通にケーキとかお菓子作りコーナーに並んでるやつ。五十円くらいだよ。

知り合いで格闘技やってる男から教えてもらったんだけど、重曹を小さじ一杯、コップの水に混ぜて飲むんだ。そうすると体がアルカリになって疲れが吹っ飛ぶ。ほんとだよ。あたしも飲んでみたことがあるんだ。マジで疲れてるときなんか、飲んでから五分で違ってくるのがわかるよ。格闘家の男は毎日飲んでるっていってた。そうするとまったく風邪をひかなくなったって」

「そんなに飲んで大丈夫なものなの？」

「ナトリウムの取り過ぎに注意しなきゃならないってさ。飲んだ日はほかに塩分を取らないようにすればいいいんじゃない。

　それに、そんなにたくさんは飲めないよ。超まずいから」

「まずいんだ」

「うん。海の水をさ、くんできて何日か放っておいたやつを飲む感じ」

「相当嫌な味らしいわね」

「うん。でも慣れだね。所長もぜひ取り入れるといいよ」

「あなた、格闘技やってるの？」

「ちょっとボクシングの真似事をしただけさ。結構センスいいっていわれたけど、本気でやるつもりはないいな」

「やりなさいよ。お金なら私が出すから」

「えっ、どうしてよ」

「ここの所員でしょ。女だけだとつけこんでくるのがいるからよ」

「ふうん。そっか」

5

翌日から乃井は、午前と午後にそれぞれ一時間ずつ、横手真由美の家と渕村千穂の家を見張ることにした。両者の順番を取り換えたりして時間帯をずらす。

遠くからの撮影は無理とわかったのでカメラは置いていくことにし、代わりにボタンカメラを袖のところにつける。近接撮影で相手の顔を写すにはこちらの方がいい。シャッター音がしないので、すれ違いざまに写しても、相手に気づかれたことはなかった。

渕村の家のそばにいた公安の車は、一日おきに現れた。ただ、乗っている人間はどこへ行っているのか見かけない。カメラは仕掛けていないようだが、乃井はむやみに視線を向けないよう気をつけた。

どこの誰を監視しているのかは依然としてわからない。ただ、それほどタイトな監視ではない。おそらく、目を付けた組織のメンバー全員を見張るといういかにも公安らしい名目のもとに行われているのだろう。乗ってきた人間は車を止めると毎回どこかで時間をつぶし、定時になると帰るのを繰り返している。そんな感じを受けた。警察車両であれば駐車違反を問われることもない。いくらでも駐め放題だ。

三日目にようやく、乃井は横手真由美らしき人物を見ることができた。

午前十時、例によって団地の前で立っていると、団地の33号室から女性が出てきた。年齢もアラフォーに見える。同年代の女性が複数住んでいるのでもなければまず間違いないだろう。遊びに行くのかカジュアルな服装で手に小型バッグをさげている。おそらく普段は仕事をしていて、今日は休みなのだ。乃井は彼女が階段を下りてくる姿を写真に撮った。

駅に向かうようだ。乃井は行動を開始した。女性が団地から出てくる前に建物の角まで小走りで移動する。見られていないことを確認しつつ駅方向へ曲がった。そのまま三十メートルほど歩く。

振り返り、逆方向に歩き始めた。五メートルほど進んだところで、団地の角から女性が現れ、自分の方に向かって来るのがわかった。

すれ違いざまに手に隠したリモートのシャッターを押して撮影する。そのまま歩き続け、安心だと思われるところで映像を確認した。相手の顔がはっきり撮れていた。

ただ、その顔は決して初音と似ているとは思えなかった。少なくとも、すぐに親子だと直感できるような共通点はない。

ひとつの仕事を終わらせたことにほっとしつつも、これでは渕村千穂の撮影も必要だと思わざるを得ない。

その日も食材を持ってやってきた初音に画像を見せると、案の定、「全然似てない。こっちじゃないね」といった。

「ねえ、あなたのお母さんのほかの写真を見せてよ」

乃井は初音にいった。最初のとき、一枚だけ見せてもらった。

「どうして」

「母親があなたと似ていなくても、娘があなたのお母さんと似ているパターンだってあるでしょう。複数の写真を見といた方がよりはっきりするから」

「そっか。そうだね」

「スマホに入ってないの？」

「入れてないよそんなの。明日持ってくる」

渕村千穂も初音と似ていなかった場合、両方の娘の顔を確認する必要が出てくるだろう。

乃井の頭の中に、ある予感が芽生えていた。


渕村千穂の姿を見るのに、さらに三日を要した。成功したのは早朝六時である。出勤時間に一か所に立ち続けるのは目立つのでできれば避けたかったのだが、相手は勤め人らしくそれ以外の時間帯に遭遇する機会はなさそうだった。

また、今回はターゲットの顔を知らない。だから帰宅時間に待ち伏せたのでは、帰ってきた相手が２０２号室のドアを開けるまで渕村千穂だとわからない。それでは写真を撮ることができないので、どうしても朝見張る必要があった。

乃井は建物二階の階段の踊り場に陣取った。もう定位置のようなものだ。朝のこの時間にセールスレディは通用しないから誰かが現れたら自分も出勤のふりをしなければならない。

２０２号室のドアに意識を集中していたので、鍵が回され、開くのを直前に察知することができた。素早く階段を降り、前の道に出る。早朝のことで公安の車が来ていないことは来たときに確認していた。

道路には駅に向かう人々が歩いている。乃井は五メートルほど、その人たちと同じ方向に歩いてから、いかにも忘れ物をしたというふうに振り返り、逆方向に歩き出した。

セントラルハイツ中根黒から女性が出てきた。やはり四十前後。渕村千穂だ。

乃井はリモートのシャッターを手の中に持って相手とすれ違いざまに撮影した。

そのまま通り過ぎ、五十メートルほど先の交差点まで行くと、そこで画像を確認する。

どうだろう。渕村千穂の顔も決定的とはいいがたい。しいていえば、鼻筋がとおっているところが初音と近いが……。

「どう？　お母さんだと思う？」

夕方やってきた初音に画像を見せる。初音は黙ったまま渕村千穂の画像に見入っていた。

代わりに乃井は、初音が持ってきた母親の写真を見る。上半身を正面から写したもので、これもたしかに初音と似たところはなかった。「以前勤め先に提出したもの」だという。

誰とも似ていない初音。確たるつながりを誰とも分かち合えない初音。

「うーん。わかんないな。でも、こないだのよりはこっちちって気がするけど」

「ここで終わりにするってことは？」乃井は一応尋ねてみた。答えはわかっている。

「ないな。せっかく始めたんだし」

「じゃあ次は、父親と娘の撮影かしらね」

「娘の方はあたしがやろうか」

「だめよ。学校帰りを狙うんだから。あなたと重なっちゃうじゃない」

「早退すりゃいいよ」

初音がいうのを乃井は手を振って否定する。

「それだけじゃないわ。人は普通、自分と同世代の人を意識するものでしょう。思春期、高校生なんかは特にそうだわ。だからあなたが待ち伏せしてたらうまくいかない可能性が高くなる」

「そういうもんかな」

「そうよ。で、これは私の考えけど、父親や子どもを撮影したら、それで満足ってわけじゃないでしょう？」

初音がうなずく。

「誰かがそっくりだったりしたら、それでいいかもしれないけど、あなたとしたらある程度しっかり確認したいわけでしょ」

またうなずく。

「だったらこの際、娘や父親の撮影をするより、やはり一気に検体採取だと思うの」

「検体採取」

「DNA鑑定に必要な毛髪とかを取ってくるのよ。どうしてかといえば、たとえ写真を撮って、それがあなたやあなたのお母さんと似てたとしても、それでいいわけじゃないわよね。結局は検体採取しなきゃ話は終わらない。だったらもう決定的な手段に出た方が手っ取り早いってわけよ」

「わかった」

「相手に面と向かって、髪の毛をくださいっていうわけにはいかない。だからこれにはどうしても違法行為が必要になるわ。逮捕されるリスクも出てくる」

「家に忍び込むんだね」

乃井はうなずいた。

「あたし、見張りくらいやるよ」

「駄目よ。あなたまで逮捕されるリスクが出るじゃない」

「いいよそんなの。それに、たとえばお巡りが呼ばれたとしたって、いきなり女子高生を逮捕したりしないだろ。それにあたし、逃げ足には自信があるんだ」

「そういう問題じゃないわ。あなたが日中、外にいるだけで人目を引くわ。これは私ひとりでやる」

普通は依頼人に手段の話などしない。初音は所員になったということもあるが、人の家に忍び込むと聞かされて、そんな違法なことはやめて、とはならないのがわかっていたので話した。むしろ自分がやりたがるタイプだ。

倫理観が欠如したふたり。探偵にはむしろ必要な資質といっていい。今の日本では人の秘密を探ること自体、ほぼ違法なのだから。倫理観が人並みの者は仕事のできる探偵にはなれない。

アンチヒーローという言葉がある。辞書には「ヒーローになる資質に欠けているものの、ヒーロー同然に扱われる人物」などと、ちょっとわけのわからない説明が載っている。乃井にいわせれば、アンチヒーローとは、決して悪いことに手を出さないヒーローに対し、いざとなれば法律の線など踏み越えて事の解決に当たる者のことだ。自分は女だからヒーローではなくヒロインなのかもしれないが、ヒロインというタイプではないことはわかっている。倫理観の欠如した、ただの女探偵。

ただし欠如の程度は肝心だ。どこで線引きするか。適切に判断できない者も探偵を続けられない。

仕事が終わった後で、今度は知り得た秘密を使って依頼者を強請《ゆす》り始める探偵が実に多い。それはもう探偵の風上にも置けない人間だ。業界全体の悪い、怪しいイメージはこうした連中によって作られてしまう。

逆説的だが、そういう輩がいるせいで、きちんとした所は紹介によって上客をつかむことができるのも事実だ。

初音はいずれ、素晴らしい探偵になれるだろう。なにより心の中にそうなる資質をそなえている。頼もしい、何でもできる探偵として自分を助けてくれるに違いない。

さらに初音に関して乃井にはもうひとつの考えがあった。

この娘には間違いなく格闘技の才能がある。それも抜群のものだ。

今回の仕事が終わったら、さっそくいろんなところに通わせよう。各種の技を身につけさせるのだ。

初音が格闘マシーンとして完成した暁《あかつき》には、自分が理想とする女性専用探偵社ができあがる。

ただ、乃井が初音を手放したくないと思う深い理由はべつなところにあった。

みゆき――。

乃井は九歳で死んでしまった妹のことを思い出す。活発で運動が大好きで、何をやらせても男子に負けなかった子。乃井と仲がよく、どこへ出かけるのもついてきた子。

集団登校をしていた小学生の列に運転手が意識不明になった車が突っ込み、みゆきだけが犠牲になった。乃井にはその時期の記憶がない。いくら思い出そうとしても思い出せないのだ。まるで自分の人生がいったん断ち切られ、部分的に欠落したような気がずっとしてきた。あれから十数年。

乃井は初音の動きを、歩く様を見たとき、みゆきを思い出さずにはいられなかった。何日も何日も泣きどおしで過ごした日々をようやく思い出した。

これは何者かが、神が、もう一度自分に妹分をもたらしてくれたのだと思った。

この娘を手放したくない。

ということは、この仕事の結果で、ある程度初音を満足させなければならないだろう。そうしなければ、初音は去ってしまうかもしれない。

たとえば、最終的な結果が初音のまったく気に入らないものだった場合、……それを自分が歪めてでも、初音を引き留めておきたい。

乃井は痛烈にそう感じていた。

所長はつねに、所員より一段、倫理観が低くなければならないのだ。

当たり前だが、面取りとDNA採取とではまったく違う。手法はもちろんだが、後者が完全な犯罪である点がもっとも大きな違いだ。

用意する物は少ない。医院に忍び込んだときにも使った鍵開け道具。あとは手袋と採取した検体を入れる小さなビニール袋がいくつか。

とにかく人に見られないことが肝心だが、これにはどうしても偶発的要素が絡んでくる。ドアを開けて出入りするところはまだしも、妙な道具を使って鍵を開けようとしているのを見られたらアウトだ。そういう行為を見かけて通報しない方がどうかしている。

現場で誰にも見られさえしなければ、金品を盗むわけじゃなし、忍び込んだことに気づかれる心配もないだろう。

どんな調査でも、まずは容疑の薄いものから消していくのが鉄則だ。昔からあるこの教えの理由はさまざま考えられるが、最悪の結果を想定してのものだと思う。結果的に全部が空振りに終わったとしても、容疑の薄いターゲットから始めた場合には、最後まで緊張感やモチベーションが持続できる。だから目の前にあったり直接聞いたりしたのに気づかないという失敗が防げるわけだ。

今度のように違法性を帯びた調査の場合、小さなミスが大きな落とし穴になることもある。

よって最初に行くのは横手真由美の部屋だ。

午前十時、乃井は目的地周辺の様子をうかがっていた。いつもと違う怪しい人や動きはないか。自分が一番怪しいくせにそんなことを考えるのは滑稽だ。

特に不審な点は見当たらない。乃井は資格取得用の教材パンフレットを入れたブリーフケースを片手に団地の中に入っていった。

33号室の前に立つとインターフォンのボタンを押した。中でくぐもったブザーの音がする。十数えてからもう一度押す。何の反応もない。

紺のパンツスーツ姿で来た乃井は素早くしゃがみ、左の足首の内側にテープで留めたビニールの袋から道具を取り出すと開錠作業を始めた。

横手真由美も渕村千穂も、セキュリティのしっかりした、あるいは簡単に開けられないような鍵のついた高級マンションなどに住んでなくてよかったわけだが、これは最初からある程度予想できた。

金持ちの人間なら出産に当たって幾野産婦人科のような小さな医院ではなく、設備の整った大きな病院を選んだだろう。そういう所はもちろん費用もかかる。だから百パーセントではないにしろ、ふたりともこうした場所に住んでいる可能性が高かった。乃井は初音から最初の話を聞いたとき、すでにそんな予想を立てていた。忍び込むのがどうしても無理なら、そもそもこの仕事は受けられない。

狙った人物の髪の毛や皮膚を外で採取できる可能性は絶望的に低い。たとえ美容院の中までつけていったとしても、かなり難しいだろう。レストランやカフェなどで使ったグラスやフォークを持ち去るのははるかに簡単だが、指紋ならともかく、果たしてそれでＤＮＡが採取できるのかどうか怪しいものだ。

誰にも見られることなく鍵が開く。乃井は小さくドアを開き、中をのぞいた。大丈夫、誰もいない。素早く体を入れてドアを閉める。

玄関に何足か靴が置いてある。男物の革靴、女物のパンプスやスニーカー、ブーツ、クロックス。乃井は靴を脱いで中に上がった。

まずはざっと全部の部屋を見て回る。猫などのペットもいない。テレビが置かれた居間のほかにふたつの部屋、キッチンとバスルーム。よくあるように、日当たりのいい南側の一室が娘の部屋にあてられている。

乃井は娘の部屋に入り、窓の内側に並べられた写真を見た。全部の写真に写っているのがこの部屋の主だろう。友達と一緒のもの、横手真由美と一緒に写っているもの。旅行先らしく海を背景にひとりきりで写っているものもある。

娘の名前が菜穂であることもわかった。

初音の母親と似ているだろうか。

——わからない。というより、はっきりいって似ているところはない。

乃井は、比較的はっきり顔が写っているものを選んで自分のスマホで撮影した。

ありがたいことに、部屋の角にピンク色をした小さな丸テーブルがあり、そこに化粧品や鏡と一緒にブラシが置かれていた。近寄って見ると、ブラシに毛髪が巻き付いている。

ジャケットのポケットから小さなビニール袋を取り出すと、数本の毛髪をそれに入れた。ビニール袋にはマジックペンで記号がつけてある。これで母親のものと区別がつく。両親のブラシは洗面所にあった。母親と父親でべつな物を使っている。こちらもそれぞれべつなビニール袋に収める。これで一応の仕事は終わりだ。

あとは父親の顔も見ておきたい。娘の部屋に父親の写真は飾られていなかった。居間に戻る。部屋の壁際に花瓶やら置時計の載った飾り棚があり、そこに写真立てに入った家族写真があった。ハワイらしき場所で三人一緒に写っている。乃井は父親の顔をできるだけ大きく写した。

やはり初音と似ているとはいいがたい顔だ。

「うーん。やっぱこっちは違うっぽいな」

夕方、事務所に来た初音に写真を見せると、乃井と同じ感想をいった。乃井は何事もなく横手真由美の家から戻ってきていた。

「髪の毛を一応鑑定に出してみるわ。それで完全に否定できるでしょう」

乃井がいうと元気のない顔でうなずく。

「あたしのこと、バカみたいだと思ってるよね」

「何よそれ。そんなことないわよ」

「両方とも違ったら、一体何をやってるんだろうってことになるよね。あーあ。どうしたらいいんだろう」

たとえそうだったとしても、初音の毎日は変わらない。乃井はそう思ったが口にはしなかった。自分のアイデンティティを見つけられずに過ごしてきたこの娘の宙ぶらりんな気持ちは、本人でなければ理解できないに違いない。それが今後も続く。まるで一生檻に入れられたような気持ちになるのではないだろうか。

乃井はべつないい方をした。というより、前から考えていて本人に聞いてみようと思っていたことをいった。

「もしも本当の両親だとわかったら、それであなたはどうするつもりなの？」

「そこの家の娘に、自分と変わってくださいっていう……わけないよ。そんなことはもういえない。いうつもりなんか全然ないよ。

ただ知りたいんだ。とにかく知りたい。自分が何者なのか、正体が知りたい」

乃井はうなずく。自分だったらどうするだろう。これがもし十歳くらいだったら違ったのではないか。本物の両親と一緒に住みたい。そこの子と入れ替わりたいと痛切に願うのではないだろうか。

ただ、もう十七歳だ。幼少期と思春期の差。これは大きい。乃井は初音のいい分を信じた。

本当の両親がわかったとして、もちろん気持ちの整理をするのには時間がかかるだろう。もしかすると一生すっきりできないかもしれない。檻が完全になくなる感覚は永久に得られないかもしれない。

受け入れてくれと相手にいいすがったりしないというのは、取り合えずは賢明な判断だと思う。たとえ鑑定結果をたずさえて相手の家に乗り込んでいったとしても、おそらく何かを変えるのは難しいだろう。乃井の行為は違法性を問われるだろうが、それは置いておくとして、初音がその娘と立場を入れ替えるというのは、現実にはほとんどあり得ない気がする。

まずはにべもなく突っぱねられるだろう。相手の家族の間に波風は立つかもしれないが、おそらくは何事もなかったようにやり過ごそうとするのではないだろうか。

「わかりさえすれば、それでいいよ」

乃井の思考を読んだように初音がいった。そうだ。きっと初音は、そんなことはとっくに、それも何度も考えたに違いない。

ＤＮＡ鑑定を受け付けている会社はいくつかある。価格は母子だと一件七万五千円ほど、父子だと五万円ちょっとのところが多い。なぜ母子の方が一・五倍するのかはわからないがおそらく数の問題だろう。父子鑑定の依頼の方が圧倒的に多いのだ。想像するまでもない。どこにでも価格競争は存在するわけだ。

また、私的鑑定と法的鑑定があり、法的鑑定にすると倍の価格に跳ね上がる。法的というのは裁判で使う証拠にする場合だ。

兄弟であるか、祖父祖母の関係にあるかの鑑定は、なぜか価格が低くなる。することは同じはずなのにだ。想像するに、値段は相手の切迫感に合わせて変動するということなのだろう。もしくはそういう依頼が極端に少ないのだ。

親子かどうか知りたいという欲求が一番深刻であることはいうまでもない。送ってから結果がわかるまでの期間はだいたい十日から二週間である。

渕村千穂の家に忍び込むのは、横手真由美の方の結果が出てからにすると初音に伝えた。外見上、横手真由美は違うだろうと思っても、万が一、親子である可能性もある。その場合、これ以上他人の家に忍び込む必要がなくなるのだ。プロならリスクや無駄をできるだけ抑えるのはいうまでもない。

二週間後、予感どおり初音と横手真由美の夫婦は親子関係にないことがわかった。初音に電話で伝えると、ふうんという無感動な返事が返ってきた。

もう一件、渕村千穂の家で同じことをしなければならない。乃井は前回使った道具をしまわずにおいた。

現場を思い浮かべた途端、あの公安警察の車が脳裏をよぎる。無関係だと思うものの、なるべく自分の姿を見られたくないという心理が働く。

公安警察は、張り込みをしている目の前で窃盗事件などが起きても何も反応しないといわれている。自分たちの仕事はそれではないと思っているのだ。下手に反応すれば、周囲に正体をさらしてしまうことになる。また、張り込んでいる相手による陽動作戦に引っかかりたくないとも思っているだろう。

さすがに殺人が起きたら通報くらいはするだろうが。

その代わり公安は記録魔だ。何でも記録し撮影する。重要なターゲットに関しては常に膨大な資料を作成する。トイレはもちろん咳の回数にいたるまで、あらゆる事柄を知らないと気がすまないといわんばかりだ。ターゲット宅に近づいた人間がいれば、ただの配達員だろうと間違いなく撮影し記録に加えるに違いない。

乃井は単純に好奇心も感じていた。あの辺りのどこに、公安のターゲットになるような人物がひそんでいるのだろう。政治的過激派は右にしろ左にしろ昔ほどの勢力は失ったといわれて久しい。公安警察の、過激派を監視する人員が大幅に減らされたという話も聞いている。ターゲットは新興宗教組織やカルトのメンバーかもしれない。

渕村千穂の家に関しては、建物の両側に道があるのがありがたかった。慎重に行動することはもちろんだが、きっとうまくやってのけられるだろう。

乃井の心配の大部分を占めているのは、こちらも違った場合の初音の反応だった。期待が完全にはずれたとき、あの娘はどうするだろう。

この時点では、そんな懸念がすべて吹き飛んでしまうような状況に巻き込まれるなど予想もしていなかった。

この件に関わったことが、ずっと後までつきまとい続けることになるなどと、誰が予想できただろう。

第三章　拡散する殺意

1

第二の犠牲者が発見された。

稲倉麻奈《いねくらまな》。二十六歳の会社員。

祖師谷市内、ひとり暮らし。夜、家にひとりでいるところを襲われたらしい。

第一の被害者、久能恵美利との共通点はそれだけではなかった。

頭部を数回にわたって殴られ、最後は紐で窒息死させられている。

「手口が同じだな」

現場を見た刑事、草本がいった。警視庁から出向してきた刑事だ。

「そうですね」

折倉刑事もうなずく。こちらは所轄の刑事だ。ふたりは組まされていた。警視庁刑事と所轄刑事が組まされる典型的なパターンだ。

刑事はほかにもたくさんいた。管轄を越えて捜査に当たる機動捜査隊のメンバーも来ている。現場を直接見ることは捜査上とても重要だ。写真ではどうしても抜け落ちてしまうことがある。場の雰囲気、匂い、音、遺体の状況を観察するとともにそれらを感じることが、後の捜査に大きく影響してくる。ベテランの刑事になれば、被害者の痛みすら感じられるようになるという。

すでに遺体は運び出されていた。刑事たちは室内を仔細に観察していた。

室内が荒れていない。これも第一の事件との共通点である。

犯人は、室内に入ってくるなり被害者の抵抗力を奪った。まさか襲われるなどとは思ってもいなかった被害者を抵抗されることもなくあっさり制圧した。そういう感じだ。

犯人は被害者に警戒されていなかった人物。そうでなければああいう殺し方にはならない。被害者が逃げまどい、抵抗したなら、部屋ははるかに荒れているはずだからだ。

一体、犯人と被害者はどういう関係だったのだろう。

不意を突かれたのだとしても、最初の事件がまだ風化していないこの時点で、被害者は完全に相手を信用していたのだろうか。

今回の犯人は前回の事件とは別人で、被害者とは普段から親しく接していて警戒心を持たれない間柄だったのか。犯人は前回の犯行を真似た模倣犯なのか。

――いや違う。これは前回と同じ犯人だ。刑事の誰もがそう思っていた。

決定的だったのは、やはり何かしら角張っていない鈍器で頭部を何度も殴られていることだった。これで模倣犯の可能性はかなり低くなる。犯人が被害者を殴っていることは警察が伏せたため、いまだマスコミに取り上げられていないからだ。

この事件を起こしたのは久能恵美利を殺した犯人である。連続殺人だ。

第一の事件の捜査が難航する中、事態は一層エスカレートしてしまった。これはもう都内を管轄する警視庁としては顔に泥を塗られたも同然だ。現場捜査員にかかる圧は何倍も高まるに違いない。

関西に住んでいる親への連絡はすんでいた。母親がこちらに向かっているという。現場に倒れている姿を見せることはしない。母親は遺体安置室で変わり果てた娘と対面することになる。

現場周辺での聞き込みもすでに開始されていた。

第一発見者は会社の同僚だった。

稲倉麻奈が勤めていたのは都内にあるKZ企画というデザイン会社だった。チラシやポスターのデザインをする会社だという。麻奈が連絡もなしに欠勤し、連絡しても返事がなかったことで昼すぎに同僚が訪れ、管理人にドアを開けてもらい発見した。

「無断欠勤なんて一度もありませんでしたから」

警察車両の後部座席で、発見者の同僚社員、本原里恵《もとはらりえ》が答えた。社内でのトラブルもなく、あんな目に遭う理由など到底考えられない、と。

近所に自宅を持つアパートの管理人も多くは語らなかった。稲倉麻奈の顔は知っていたものの、入居してきて以降は言葉を交わしたこともほとんどないという。

被害者が会社を出たのが昨夜六時半。帰宅時刻はまだ絞り込めていないが、食料品のパッケージや買い物のレシートがあったことから、昨夜は自宅で夕食をとったらしい。買い物のレシートには打たれた時刻が印字されている。それによれば帰宅したのは早くても七時以降だ。

つまり、夜になって訪れた犯人に対し、稲倉麻奈はドアを開けているのだ。これも第一の事件との共通項だった。アパートのドアにはちゃんとレンズのはまった覗き穴がついていた。折倉刑事は目をあててみた。普通にドアの外が見える。

ひとり暮らしの女性。ドアを開ける前に外を確認する可能性は高い。犯人は知人か、そうでないとすれば人から警戒されない外見をしているのだ。

アパートにはエントランスもなく防犯カメラもついていない。これも第一の事件と同じだが、不思議ではなかった。そういう物がない場所を選んだ可能性が高い。連続的に犯行を続けようとするなら当然のことだ。

「こいつは下手をすると無差別か」

警視庁刑事の草本がいった。折倉と同じ思考過程を進んだらしかった。

犯人が狙ったのは特定の誰か、ではなく、狙いやすく自分が特定されにくい誰か、というわけだ。

警察としては一番あって欲しくないパターンである。無差別だった場合、被害者の関係先をいくら当たっても犯人にたどり着けない。犯人と被害者に一面識すらない場合、普通の捜査がまるで通用しなくなってしまう。

刑事たちの眉間の皺は深まる一方だった。


「――交友関係のほかに、最初に被害者である久能恵美利との共通点を当たるのが当面の方針です」

栗松刑事が乃井にいった。再び〈ポップ１２８０〉の店内である。事件発生から十八時間が経過していた。似た事件が起きたことを律儀にも知らせてきた栗松を、乃井が呼び出した。すでにテレビのニュースなどで一報が報道されていた。

「捜査員は増員されるんでしょう」

乃井がカップを置いていうと、栗松がうなずいた。ふたりともコーヒーを飲んでいた。

「ええ。すでに要請が出ています」

連続殺人事件に発展した。とうに百人体制だが、三百人体制くらいに膨らむだろうと栗松が付け足した。

乃井も内心、やっかいなことになったと思っていた。警察の手が増えれば、自分たちの仕事がやりにくくなることは間違いない。先に犯人をあげられてしまう可能性ももちろん高まるだろう。

ただ、いい点もある。こうして栗松から捜査情報を教えてもらえるなら、被害者たちには申し訳ないが、複数になったことでより犯人に近づける要素が増えるだろう。はっきりいってこちらもまだ糸口すらつかめていない。条件が増えるのはありがたいことだ。

この利点を最大限に活《い》かしたい。いや、活かさなければ自分たちの努力は水の泡になってしまう。事務所存続の危機、職業継続の危機である。

「被害者のスマホはあったの？」乃井は尋ねた。これがあれば持ち主のあらゆることがわかる。

「ええ。犯人はまたしても何ひとつ持ち去っていないんですよ。いま解析中です」

「何かがわかり次第、全部教えてちょうだい」

乃井の要請に栗松は不承不承という感じでうなずいた。もう今の時点で完全にまずいことをしているのに、表情だけはまだ開き直れないのだ。

「こっちが先に犯人にたどり着いたら、あんたに教えてあげるから」

「……はあ」

まるで気のない返事だ。まあ期待できないのは無理もないだろう。

ただ、乃井は意地でもやる気だった。

ほんの一分、いや十秒でもいい。警察より先に犯人を見つけなければ。

十秒あったら依頼人に伝えることができる。

そうすれば仕事達成。三百万が手に入る。

最悪、乃井は警察が逮捕を公表する直前でもいいと思っていた。実際に逮捕してからそれを発表するまでの少しの間。その短い隙間時間内に何とか犯人の氏名を手に入れ、依頼人に伝えることができれば――。

神は「みずからを助くる者を助く」のだ。絶対に最後まであきらめない。あきらめたら何も起こらないのだから。

「そのスマホの内容が重要ですよね」

ゆかりはいった。乃井から集合がかかり、三人で事務所に集まっていた。

「でも久能恵美利と共通の知り合いがいたとしたら、警察が一発で見つけちゃうんじゃないですか」

「悪いことは考えるな」

初音がゆかりにいう。

「冷静に考えて、そんな簡単にこの犯人が見つかるとは思えない。けど、もしそうなったとしても、チャンスはあるわ」乃井がいう。

「どういうチャンスですか」ゆかりは訊いた。

「ようするに警察が発表するより先に犯人の名前を依頼人に知らせればいいわけでしょ。栗松を使えばなんとかなる。駄目ならおまえも一緒に地獄行きだといって圧力をかけてやるわ。この点を今から徹底しておくわね」

（出た。所長の倫理観ゼロ思考）

ゆかりはノートに記す。

「いざとなりゃ刑事の邪魔をしてでも名前をいただくってことも考えなきゃな」初音がいう。

（こっちも頼もしい倫理観マイナス女）

「でも、あくまでそういうのは最悪の場合で、できればこっちで先に見つけたいわ。そのためにはどうすればいいか考えましょう」乃井がふたりに向かっていう。

「ともかく、警察のやることを後からなぞってたんじゃダメですよね」ゆかりはいった。

「そうね。その経緯は毎日栗松から聞けばいいしね。

私は、自分が犯人だったらって考えてみたんだけど、もしも両方の被害者の知り合いだったとしたら、時期をうんとずらすし、全然違う殺し方をするわ。

その点、あれじゃまるで同じ犯人だと宣伝しているようなものじゃない」

乃井がいった。

「そうだね。だからこそ犯人はふたりの知り合いじゃないって気がする」初音が同意する。

「それに、犯行は残酷だけど、証拠を残さない点からしても、この犯人はかなり冷静に行動している。頭も悪くないし理性もあるわ。だから、こんな風にまったく同じ殺し方をしても捕まらない自信があるのよ。そう考えるべきね」

ゆかりは乃井の言動を書き込み、そこに（論理的）と付け加える。

「でも、そうなると完全に無差別ってことになりませんか。犯人はどうやって被害者を選んだんでしょう」ゆかりは訊いた。

「そこよね、私たちが追求すべきは。久能恵美利と稲倉麻奈には、何かしら犯人が目をつけた共通点が存在する。日常の人間関係じゃないところに」

「ひとつあるよ。両方ともこの祖師谷市内に住む人間だったってこと」初音がいった。

「そうね。それは大きな共通点だわ」乃井も同意する。

「犯人も祖師谷市内に住んでいるんでしょうか」

ゆかりが訊くと乃井の眉間にしわが寄った。

「そこまでは断言できない。けど市内の地理には詳しいはずね」

「住んでいるか、少なくとも仕事か何かでしょっちゅうこの辺に来ている」

ゆかりがいうとふたりともうなずく。ただ、それだけではほとんど範囲を絞り込んだとはいえない。市民だけで二十万人以上いるのだ。子どもや老人を除いてもその半分にしかならないだろう。

「住んでる可能性が高いと思うな」初音がいった。

「どうして?」ゆかりが訊く。

「それはさ、最初の事件のとき、カメラに映ってないってのがあったからさ。犯人は間違いなく事前に防犯カメラの位置を把握してる。むしろターゲットを選ぶ際に、カメラに撮られず犯行に及べるってことをポイントにしてんじゃないのかな。

そこまでするとなりゃ、それなりに時間をかけて周辺の状況を調べなきゃならない。たまに来るだけの者にはなかなかそこまでできないだろ」

「いえてるわね」乃井が同意する。

「いまはあらゆる犯罪者が防犯カメラ映像で逮捕される。この犯人が意識してないわけないわ。事前に綿密に調べた上で犯行場所を選んでる可能性が高いわね」

「そうなるとますます、殺す相手は誰でもいいってことになりませんか。いろんな点でやりやすい相手を選んでるっていう」いいながらゆかりは背筋が寒くなってきた。

「しかも、いまのところ殺されたのはどちらもひとり暮らしの女性でしょう。私たちだって立派にターゲットじゃないですか」

「偽物でもいいから家の前にカメラをつけた方がいいかもね」初音がいった。

たしかに、防犯カメラには偽物でも同様の効果がある。外観上は区別がつかないからだ。偽物もたくさんの種類が出ており、中には人の動きに感応して首を動かす物もある。探偵事務所に勤めている者として、ゆかりにもそれくらいの知識はあった。

「大事なのは、そういう条件があった上で、なお犯人がどうやってターゲットを選定しているかってことよ」

乃井が宣言するようにいう。

「いくらひとり暮らしの女性なら誰でもいいといっても、適当に訪れてインターフォンを鳴らして、出てきた女性がひとりきりなら襲うなんてことはやらないでしょう。事前にどこかで相手を見定めているはずよ」

「それも市内でだな」初音がつぶやくようにいう。

「そうよ。全国ネットじゃない。ＳＮＳでもないと思うわ。祖師谷市内のターゲットを探すには効率的じゃないから」乃井がいった。

「そう。犯人はターゲットを直接視認してるよ」と初音。

（犯人は祖師谷市内の人間に確定）こう書いていいだろう。

「ただ、そうだとしても、やはり相手をどうやって選んでいるのかしら」

「やっぱりお店じゃないかしら。被害者がよく行ってた店の店員とか」ゆかりはいった。

「それはいいセンだわ。もちろん警察も調べるだろうけど、被害者を見かけたか、誰かと一緒だったかという目撃情報を求めるための聞き込みでしょう」

乃井がいう。たしかにまずそうするのが捜査のセオリーだろう。初音が口を開いた。

「その店に犯人が潜んでいるかもって観点では行ってないってことだな。被害者のふたりが共通利用していた店を知るには――」

「レシートとかクレジット決済の明細なんかね」ゆかりはいった。

「よし、そういう物は全部、当然警察が押収しているだろうから、栗松を通して手に入れるわ」乃井が自分の胸を差していう。

「あと、電車の駅もポイントだと思うんですよ。被害者たちもきっと利用していただろうし」ゆかりは思いつきをいった。

「なるほど。駅で若い女性を物色しているような者がいるかどうか、か」乃井が考えるように腕組みをする。

「駅員も例外じゃないよ」初音が付け足す。

夜もかなり遅い時間に、その日二度目の呼び出しをくらった栗松は明らかな不満顔を浮かべていた。

「人使いが荒いっすねえ」

「悪いわね。ふたりの被害者が共通して利用していたお店のリストはもう作られているんでしょう?」

「ええ」不承不承という感じでうなずく。

「それを見せてちょうだい」

「もうとっくに捜査員が廻ってますよ」

「いいから」

いわれた栗松がポケットに手をやる。撮影したスマホの画面でも見せてくるのかと思いきや取り出したのは手帳だった。刑事というのはいまだもって手帳に鉛筆書きをする人種なのだ。もっとも、それが一番情報洩れのない方法なのかもしれない。

「これです」

開いて見せてきたページに五つほど店名が並んでいる。駅近のコンビニや薬局などは乃井も利用する店だ。あとはカフェやレストラン。

「美容院とか医院なんかは？」

「ふたりはべつな店を利用していました。美容院の方はどちらも市内の店じゃありません」

乃井は栗松に倣《なら》って手帳の紙面をメモ用紙に書き写した。

「共通の知り合いは見つからないの？」

乃井の質問に栗松が首を振る。

「いませんね、いまのところは」

「やっぱり無差別って方向なの？」

「まだ決まったわけじゃありませんが、そう考え始めている捜査員は多いと思います」

共通点がまったく見つかっていないのだろう。

「今日の会議の内容を教えて」

乃井がいうと、栗松は嫌味たらしく自分の腕時計を見てから渋々という感じで話し始めた。

「ほがらかで元気な方でしたよ」

第二の被害者、稲倉麻奈について勤務先だったKZ企画の社員が答えた。企業向けのチラシやポスター制作を請け負っているこの会社で、麻奈はデザインするだけでなく相手企業との折衝もこなしていたという。

「なにしろ物事がはっきりいえる人でしたから、こちらの言い分をちゃんと相手に伝えてくれるので皆助かっていました」

「つまり、クレームの処理みたいなこともやっていたということですか」刑事が尋ねる。

「ええ、まあクレームというか、取引き相手が思っていたのと違うっていってくることは日常茶飯なんですが、その辺の対応とか、一番上手だったんじゃないかな」

三十前後と思われる男性社員が答える。

「特に大きなトラブルとか、何かありませんでしたか」

「いいえ、聞いてません。彼女が担当していたのはいずれも以前からの顧客でしたし」

「特に仲が良かった方は？」

「……さあ、どうかなあ。よく話していたのは歳が近い佐伯さんかな」

男性社員が向こうにいる小柄な女性を示した。

「――プライベートに関しては話したことないんです」

佐伯という女性が刑事に向かっていった。

「男性関係とかはどうです」

刑事が尋ねると佐伯が首を振った。

「全然知りません。私たち、どこのお店がおいしいとか、そんなことしか話さなかったんです。会社からの帰りに何度か一緒にご飯食べたことありますけど」

「それはあなたとふたりで？」

佐伯がこっくりうなずく。

「稲倉さんは仕事でははきはきした感じだったそうですね。仕事外ではどうだったんでしょう」

「さあ、あまり変わらなかったんじゃないかしら。ただ……」

「ただ、何です？」

「いえ、これは私が勝手に感じただけのことなんで……」

佐伯がいいよどむ。

「個人の感想で結構です。何でもおっしゃってください。こちらもそのつもりで聞きますから」

「……ええ。この人、絶対泣き寝入りしない人だなって思ったことはあります」

「泣き寝入りしない？　どういうときにそう思われたんでしょう」

「ええ。こういうことがあったんです。ふたりであるお店に寄ったとき、なんの料理だったか忘れたんですけど、メニューに載っている値段と、壁に貼ってある値段が少し違ったんです。お店は、今日から値上げしたんですっていったんですけど、彼女は自分はこっちの値段のつもりだったといって、値段を下げさせたんです」

「ほう。まあそれは、お店側のミスといえるかもしれませんね」

「ええ、そうなんですけど、そのときの彼女の剣幕が結構すごくて、ああ、この人、強い人だなって。

あっ、べつに稲倉さんの悪口をいうつもりじゃなくて――」

「わかりますよ。大丈夫です」

その程度のことで殺人まで至ることはない。刑事はあくまで、被害者の人となりに関するエピソードとして頭に収め、捜査会議ではかいつまんで話した。


家族、同僚、友達、いくつもの証言が積み上がったが、犯行に直接つながりそうなものは得られなかった。第一の事件と同様である。稲村麻奈はときどき口喧嘩などはあったものの、決して深刻なものではなく、また異性関係を含めたトラブルを知る者もいなかった。

稲村麻奈が住んでいたのも久能恵美利と同様、防犯カメラもなく常駐の管理人もいないアパートだ。一番近くのカメラも、通りの角をふたつ曲がった先にあるコンビニまで行かなければならない。警察はもちろん映像を押収したものの、あまり期待は抱いていなかった。その前を通らずにアパートに行く方法がいくらもあったからである。

近隣の住民からも有力な情報は得られていない。八方ふさがりの状況だ。

犯人は冷静に証拠を残さず行動する知性を有している。やっかいな相手だ。

おそらく目立たない見ためをした普通の勤め人に見える人間なのだろう。刑事たちの立てたプロファイリングもそんなところだ。二件とも夜、犯行に及んでいることからして、昼間の勤めがある可能性が高い。

それにしてもどうして被害者女性たちは夜の訪問者に対しドアを開けてしまったのだろう。共通の知人がまったく見つからないことから、犯人がふたりの被害者たちと以前から親しい間柄だったというセンは薄れつつある。

久能恵美利も稲村麻奈も、ほとんど知らない人物の訪問に対し、部屋のドアを開けてしまっているのだ。

犯人は宅配便業者を装っていたのではないかという意見以外、これといって刑事たちの口から出る考えもなかった。訪問販売は普通、夜はやらない。

被害者たちが襲われた午後八時から九時という時間帯なら、宅配便業者はまだたくさん働いている。夜間の配達のためだ。

ただ、宅配便の会社に尋ねたところでは、あらかじめ指定されない限り最初から夜間に配達はしないとのことだった。一度目は日中に配達し、不在だった場合ポストに不在票を入れる。受け取りをする顧客が再配達を依頼する際、配達の時間帯を指定する。そうした再配達の依頼は電話かバーコードを読み取った端末から行うことがほとんどだった。

すべての配送業者に尋ねたが、当然のことながら事件当日の夜間の配達や再配達の依頼などはなされていなかった。

被害者のスマホを調べても、再配達のやり取りは行われていない。

「――しかし、こういうこともあるんじゃないでしょうか」

捜査会議で再配達の説明がなされた後、ある刑事が発言した。

「いくら一回目の配達を夜間には行わないといっても、一般の人がそれを知っているとは限らないと思うんですよ。だから夜だろうとインターフォンが鳴って、宅配便ですといわれたら普通にドアを開けるんじゃないでしょうか」

たしかにあり得ることだ。そうだとすれば犯人が宅配便業者を装ったのではというセンは依然有力ということになる。

あとは、見回りの警察官や刑事を装う、くらいしか思いつかない。

「可能性は低いと思うんですが、近隣住民を装うって手もあるんじゃないでしょうか」

先ほどとは違う刑事が発言した。

「どういうことだ」

「ええ。たとえば、３０５号室の佐藤ですが、などといわれたら、相手の顔を知らない被害者も、わりと簡単にドアを開けたりするんじゃないかと」

「ふむ、なるほどな。近隣の顔を知らないがゆえに開けるというわけか」

近所の顔を知っていたとしても、せいぜい両隣くらいまでという人は多いだろう。軽々にないとは決めつけられない意見だ。

「ほかに、被害者がドアを開けた理由は思いつかないか」

全員に呼びかけられたが、それ以上の意見は出てこなかった。

2

「――だからいまのところ警察も、すぐに逮捕って感じじゃないわね」

翌朝、乃井が栗松から聞いた話を初音とゆかりにした。

「私たちとほとんど変わりませんね」ゆかりは思ったことをいった。

「ドアを開けさせる方法はまだあるよ」初音がいう。

「どういうの?」

「お宅の住所と名前が書かれている封筒が外に落ちてましたっていうのさ。ゆかりなら開けないかい?」

「なるほどね。そりゃ開けるわ」

「考えりゃ、きっとほかにもある。おっさんたちは頭が固いのさ。むしろ、何をいわれても絶対に開けないなんて人間の方がはるかに少ないと思うよ。実際には、かなりインチキなことを並べたって開けちゃう人は多いだろうさ」

「いわれてみればそうかもしれない」

（前から思ってたけど、初音、結構頭いい）

3

「被害者たちの共通点ならあるよ。両方ともツンデレじゃないか」

初音がいった。

「でも、日本人の女の少なくとも十パーセントはそうよ。それで殺人が起きるなら大変なことになるわ」

ゆかりは反発する。

「実際に、店員といい合いになったからって、後で店に嫌がらせをする人間がいるだろ。そういうのの延長かもしれないってことさ」

たしかにそういう人間の話はよく聞く。ニュースになることも多い。一歩間違えば殺人にまで発展しかねないと思う。

でも、被害者が祖師谷市に住むツンデレの若い女というだけじゃ、とても次の被害者を絞ることなんてできない。犯人を待ち伏せすることなどとても無理な話である。

「あっ所長、さっき浮気調査の依頼電話がありました」

部屋に入ってきた乃井にゆかりはいった。

「少なくとも今すぐの着手は無理ね。そう伝えてくれる？」

「わかりました」

このままだと本当にこの事務所が立ちいかなくなる。

「さて、今日はこれからどうする？」

初音が乃井にいう。

「手分けして被害者たちが共通して利用してた店をあたるわ。もしも犯人がまだ殺人を続けるつもりなら、どこかできっとターゲットの選定をしているはず。それを先回りできればいいんだけど」

「なんかもっと積極的な方法はないもんかな」と初音。

「犯行時刻は八時から九時だったよね。なら犯人が被害者宅へ行くのは八時前ってことだろ。その時間にパトロールするってのはどうかな」

「いいかもしれないけど、その時間に外を歩いている人は軒並み職質を受けてるんじゃないかしら」乃井がいう。

「かもな。けど、それでも犯人は続けてるんだ。絶対どこかにいるはずなんだよ」

「パトロールするのはいいけど、たとえ怪しい人を見かけたとしても、尾行だけにしなさいよ。倒そうなんて思っちゃだめよ」

「危ないわよ」ゆかりもいった。

（犯人だと思ったら本気でやっつけようとしそうな奴）

「大丈夫だよ。正体を突き止めるだけで三百万なのに、こっちだって無駄な労力は使いたくない。それに犯人だって、これまで路上で人を襲ったことなんかないだろ」

「そりゃそうだけど、追いつめられたら何をするかわからないわよ」

「わかってる。怪しい奴を見つけたらまず第一にあんたに連絡するよ。ミキオな」

乃井探偵事務所では以前から、ターゲット発見の場合の暗号がミキオで、応援頼むの場合アサオになっている。乃井が決めた。好きな映画俳優からとったらしいが、名前の感じからしても相当古いものらしく、どちらもゆかりにはわからない。


駅、コンビニ、レストラン、カフェ。ふたりの被害者、久能恵美利と稲村麻奈が共通して利用した場所。レシートやクレジットカードの利用履歴から割り出されたこれらの場所を見張り、次のターゲットを物色していそうな人物を見つける。これはそう簡単なことではない。

そもそも犯人は、露骨にターゲットを見定めるような態度は取らないだろうし、見ためもそれほど怪しくないはずだ。だからこれまでの警察の捜査網をかいくぐってこられたのである。

初音は、担当となった駅の人の流れを眺めながら、こういう場合には独自のアンテナが大事だと思っていた。見ため、つまり視覚を頼りにするのではなく、勘が大切なのだ。ぴんとくる相手を見つけたら、何も考えずにそいつを追ってみる。そういうつもりで立っていた。

駅は、実に種々雑多な人々が利用する。背の高さ、歩くペース、まっすぐ歩く者と左右に揺れながら歩く者。途中でくるりと回って引き返す人も思いのほか多い。

立ち止まっている者はたいていスマホに目を落としている。周囲を見渡しているのは初音ひとりだけだった。これでは自分が一番の不審人物だ。

被害者がどちらも利用していた場所を見張る。そんな悠長なことでは到底警察に先んじて犯人を見つけることなどできそうにない。初音には自分が無駄なことをしているとしか思えなかった。

といって、ほかにどうすればいいのか。

夜のパトロールはやってみるつもりだが、そっちも期待が持てるほどではない。

と、そのとき視線を感じた。目を動かすと見知った顔がある。初音はそちらに向かっておいでおいでをした。相手は警戒した表情を浮かべつつも、ゆっくり近づいてきた。

「こんにちは」公安外事課の刑事、畝原だ。近づくにつれ、おどおどした表情が露骨になってきた。

「大丈夫だよ。こんな人の多いところで手出しはしない」

「もう勘弁してくださいよ」

この男から搾り取れる情報はまだあるだろうか。初音は考える。

振り払うのが無理なのはわかっている。しつこくつけ回すのがこいつらの仕事なのだ。ボディガードにも目撃証人にもならない。そういう職種の人間だ。

つけ回すのは自分と乃井だ。ゆかりにはやらない。ゆかりが乃井探偵事務所に勤め出す前から始まっている。あの件以来だ。

「いいよ。あっち行ってな」

初音がいうと畝原は素直に従った。つかず離れずは相変わらずだが、あのとき以来一切抵抗しなくなった。

数か月前、初音は誰もいない路地裏でこの男を締めあげたことがあったのだ。本当にツブすぞといって股間をつかみ、知っていることを吐かせた。

あれでまだ隠していることがあるとすれば見上げた根性だ。畝原がそこまですごい奴だとは思えなかった。

そうやって初音は、乃井に挑戦できるだけのものを得たのだ。

今回の件が成功裡に終われば、それを乃井にぶつけてやれる。

そのときやっと、自分は失われたアイデンティティをつかみなおせるだろう。自分を解放してやれるだろう。

「やっぱちょっと待った」

初音は畝原を呼んだ。畝原が戻ってくる。

「どうせならちょっと付き合いな」

「あんたがこないだ教えてくれたのよりこっちの方が安いじゃんかよ！」

「ええっ、そうなんですかー」

わめいているほどではないが、大きい声を出す初音に、通行人がちらりと視線を向ける。脇でおろおろする畝原。

「どうしてくれるのよ。差額分払ってくれるわよね」

「そんなこといったってー」

「あたしはあんたのいったのを信じたんだ。人の信頼を裏切ったら、弁償するのが当たり前でしょ」

「ううう」

大勢の通行人が大きな声でいい合うふたりに視線を向け、そのまま立ち去っていく。場所は駅のターミナルに入っている薬局の前だ。薬以外の食料品などもたくさん売っているチェーン店である。店の前面にも多くの商品が並べられていた。

初音が具体的にどの商品のことをいっているのかはわからない。それを知ろうとして立ち止まるほどの人はいない。むしろ巻き込まれないようそそくさと足を速める人がほとんどだ。

「さあ、どうしてくれるのよ」

「困ります〜」

人々の視線がいったん途切れたところでふたりは移動した。

「なかなかうまいじゃんか」

「いえ、それほどでも」

初音が考え出したのは、殺人の被害者たちが利用した店舗付近で自分がツンデレ女性を演じるというものだった。

ただ、ひとりでクレームをつけたりするのは店に悪いし、下手をすれば自分が出入り禁止になってしまう。それで畝原を付き合わせることにした。

偉そうにいきり立つ若い女と、おろおろする男という組み合わせだ。畝原という男、公安刑事なんかをやっているわりには演技が自然だ。ほぼアドリブで始めたにもかかわらず表情もしゃべり方も自然かつサマになっている。

果たしてこんなことで犯人が引っかかるか、期待は持てないが何もしないよりマシな気がした。

ふたりは何カ所かの店の前で同じことを繰り返した。

「わりいな、こんなのに付き合わせちゃって。公安刑事ってのは匿名性が何より大事なんだろ。

今日のであんたの顔も知れわたっちゃうかも。今度何か奢《おご》るよ」

「いえいえ、いいんですよ。こっちも、いつもつけ回して悪いと思ってるんです。少しでもそのお返しができれば」

「それにしてもあんた、演技が上手だな」

「役者志望で素人劇団にいたこともあるんです」

「へえ。思いもよらない経歴だね」

もと劇団員の公安刑事。そんなのがほかにもいるんだろうか。矛盾ってほどじゃないけど、それに近いものを感じなくもない。


畝原が帰っていき、初音は昼過ぎまでひとりで街中をさまよった。この同じ市内に連続殺人犯がいる。そいつを見つけなければと思う。だが、そいつは決して胸から「殺人鬼です」とプラカードを下げているわけじゃない。一体、どうしたら見つけ出せるのか。

疲れてベンチに座った初音は、通り過ぎる人たちを見ながら足を休めた。

「おばちゃん、早く早く」

「はいはい。ミリちゃん、走っちゃ危ないわよ」

学校帰り。小学校低学年の女の子だろうか、中年の女性と一緒に歩いている。女の子がおばちゃんと呼んだように、一緒にいる中年女性は祖母にしては若く見える。初音は見るともなしに目の前を通り過ぎるふたりを見つめていた。

「今日は一緒に〇〇やるんでしょー」女の子がうれしそうにいう。ゲームの名前だろうか。初音の知らない言葉だった。

事件が起きてから、子どもの送り迎えをする親が増えた。親が行けなければ祖父母や親戚が行くこともあるだろう。

親、親戚、近所のほかの子のお母さん――。

そのどれでもないって場合があるだろうか。

まったく知らなかった赤の他人のおばちゃんが、ああして学校帰りに相手をしてくれることなんてあるだろうか。

4

「まったくグズだよおまえは。早く買ってきな」

「お金は」

「昨日わたしただろ。使っちまったのかい」

「使ってないよ」

「嘘をつけ。自分の食い物か何か買ったんだろ」

母親が近寄ってくる。初音はあとずさりした。逃げようと思えば逃げられる。小学二年になった初音はもう、酔っ払いの母親なんかよりはるかに早く走れる。だがそうしなかった。ここにしか家がない。帰ってくる場所がここしかないからだ。

「この性悪《しょうわる》め」

ビンタを張られる。

「本当にないのかい」母親はとうに、いくらわたしていくらの買い物をしてきたか計算もしなくなっていた。

「本当かって訊いてんだよ」

うなずく初音の顔をさらに引っぱたく。男に出ていかれた直後の母親は特に疑い深くなっていた。

「ないよ。ゆるしてよ」

母親の闇雲に振り回す手が初音の上半身のそこかしこに当たる。すでに初音は、体のどの辺に当たればそれほど痛くないか知っていて、体を動かしながら対応していた。

だが、ときに側頭部に思わぬ一撃を食らうこともある。

頭を叩かれて思わずしゃがみ込んだ初音を、母親は蹴り始めた。

「どうなんだよ。あたしにお酒を買ってくるのがそんなにイヤかい。ふん、早く死ねばいいと思ってんだろ」

母親の蹴りを、初音は両腕を使って防いだ。ふらつく蹴り自体はそれほど強くないものの、目や鼻に来る可能性がある。

ひとしきり暴れ、わめき散らした後、ようやく母親が静かになった。

部屋の奥へ行き、積み上がった服をごそごそやったあと、見つけた五百円玉を放ってよこす。

「さあ行ってきな。パンくらいなら買っていいから」

あんな人間が本当に自分の母親なんだろうか。

商店街への道をとぼとぼ歩きながら初音は考えた。どこもかしこもまるで似ていない。小さい時分から、お世辞ですら似ているといわれたことがなかった。母親の、残っているどの時期の写真を見ても自分とはまるでかけ離れている。

アル中になる以前の、普通だったころの母親にも、ちょっとそれは訊けなかった。

ただ、生まれたときのことは尋ねたことがある。どこの医院で生まれたのか。生まれたばかりの自分はどんなだったか。

ごく普通のかわいい女の子だった、とかつての母親はいった。

父親のことを尋ねるのもタブーだった。高校生になったとき、初音は役所で自分の戸籍を取り寄せたことがある。父親の欄に名前はなかった。母親に結婚の経歴がなかったのだ。

学校に上がるころには、母親に自分の父親のことを尋ねてはいけないんだと思っていた。おそらく、行きずりの男の誰かなのだろう。母親にすらはっきり誰だとはわからないのではないか。

それくらい母親の生活は乱れていた。

働くのは大概バーやスナックで、そこでねんごろになった男がしょっちゅう家に転がり込んできた。初音ですら、物心ついてから一体何人の男が出入りしてきたのかおぼえていない。軽く二けたはいくはずだ。

飲む酒の量が徐々に増えていき、それにつれて精神もおかしくなっていった。

市の職員や学校の先生が家を訪れたこともある。そういうときにはどういうわけか、母親は酒を断ち、それなりにきちんとして見せることができた。

それももう限界だろう。

初音自身、周りから心配されるのはいやだった。学校の先生に相談するなどあり得ない。自分で洗濯や掃除をし、学校へもなるべく清潔な恰好で行くよう心掛けていた。

――あたしがいなくなったら、おまえは施設に入れられるしかないんだよ。母親は初音に何度もそういった。そういうとこにはアブない奴がいっぱいいてね、おまえなんかそれはそれはひどい目に遭わされるんだから。

一度だけ、家に訪れた市の職員を追いかけて、尋ねてみたことがある。もしも母さんがいなくなったら、自分は施設に入れられるのかどうか。

市の職員はいった。そうなるわね。でも今の学校に通いたければそこから通えますよ。

それはむしろ初音の望まないことだった。施設から通い出したことなど同級生に知られたくない。そもそも学校なんかに未練などない。

――友達なんかいないし。

そうして、なんとなく続いている生活。

ただ、取り換える服の数には限度がある。

ポケットに五百円玉を入れた初音は、着ているセーターの左ひじのところがざっくり裂けてしまっているのを見つけた。暴行を受けた際になってしまったらしい。

こういうのはどう直せばいいんだろう。左手を持ち上げて見ながら歩いていると、

「あら、どうしたのそのひじ」

そばで急に声がして初音はびくりとした。

話しかけてきたのは背の低い女性だった。年齢は四十くらいだろうか。痩せているため子どもの体格にしか見えない。

「破れちゃって」

初音がいうと、女性が近づいてきた。

「直してあげましょうか」

「えっ」

「あなた今大丈夫？」

「はい」

「じゃあちょっといらっしゃい」

連れていかれたのはアパートの一室だった。表札には梅石《うめいし》とある。

キッチンと二間しかない古いアパートだったが、室内はきれいできちんと片付いていた。

ちょっときちんとしすぎているくらいだ。塵ひとつ見当たらない室内は、物がすべて直線か直角に置かれている。

「狭いけどね。そこに腰かけて」

女性が室内にあるストーブに近づく。

「セーター脱ぐのは部屋があったまってからでいいわ。コーヒーはまだ早いか。お茶でいい？」

「はい。でもあの、おかまいなく――」

「ふふ。その歳で遠慮しないの」

ガスストーブに火をつけた女性がやかんをコンロに載せる。

「あたしはね、正代《まさよ》っていうの。おばちゃんでいいけど」

「私は真下初音といいます」

「ふうん。今風のいい名前ね」

初音は家で待っている母親のことを考えた。たぶんもう寝てしまっているだろう。一時間やそこらなら大丈夫だ。

初音は室内を見渡した。女性はひとり暮らしのようだ。見る限り子ども用品が見当たらない。男物もない。

お茶ができると女性がそれを運んできて初音の前に座った。しばらく黙ったままふたりで熱いお茶をすする。

「何年生?」

「二年です」

「家庭科が始まるのは何年生だったかしら。縫物とか習うのよ」

女性がやさしい目で初音を見る。

「あなたはきっと上手に何でもやるわね。体育とか得意でしょう」

初音は不思議な思いでうなずいた。

「歩き方を見ればわかるのよ。運動神経あるなって。

さあ、脱いでごらん」

初音がひじの破れたセーターを脱ぐと、女性が裁縫道具を出してきた。

「寒いでしょ。これでも羽織ってて」

女性が貸してくれた毛糸のカーディガンはぶかぶかだった。わたされるとき、女性の左手が目に入った。親指の爪に、縦に幅五ミリほどの黒い筋が入っている。

「ああ、この線はね、生まれつきなの」

初音の視線に気づいた女性がいった。

同じ色の糸があったので、セーターは破れたところがほとんどわからないくらいに直った。女性の手際はおどろくほどなめらかであっという間に縫い終わる。

「また、いつでもいらっしゃいね」

お礼をいってドアに向かう初音に女性が声をかけてきた。


それから、初音はときどき正代という女性の家を訪ねるようになった。荒れ狂う母親から逃げる場所ができた形だった。仕事をしている正代がいないこともあったが、初音に合鍵をわたしてくれ、いつでも来ていいといってくれた。

初音は正代に、学校であったことや、本来なら母親にするようないろんなことを話した。正代はどんな話も真剣に聞いてくれ、ときに意見をいってくれた。

母親が酒を飲んで暴力を振るう話をすると、初音を抱きしめて泣きながら慰《なぐさ》めてくれた。

「大丈夫、きっとあなたは幸せになれる」何度もそういって初音の頭を撫《な》でた。

幼い日以来、誰に対しても心の鎧を脱がなかった初音は、久しぶりにそれを脱いだ。

ただ、本当の母親ではないと思うというと、正代はそれには答えず、悲し気な笑顔を見せるだけだった。

正代の方も、ぽつりぽつりと自分の身の上を話した。

正代には初音より年上のふたりの娘がいるのだが、今は別れて暮らしているのだという。

「いつかね、三人一緒に暮らすつもりなの」繰り返しそういった。

「初音ちゃんに初めて会ったとき、話しかけずにいられなかったのよ。私だって誰彼構わず話しかけてるわけじゃないわ」

後に初音は思った。孤独を抱えた者同士が偶然出会い、引き合ったのかもしれない。

自分は正代おばちゃんに大きな借りができた。命を救ってもらったといっても大袈裟じゃないくらい。

いつか必ず恩返しをする。

必ず。

絶対にだ。

そう思ってたのに……。

正代は初音に、編み物や縫物、料理の仕方を教えてくれた。学校で家庭科が始まるころには、初音は誰よりも上手にそれらをこなすことができるようになっていた。

正代の教え方は優しかったが、細かいところまできちんとしていないのが嫌いらしく、ときに大雑把なことをしそうになる初音をそのつど注意した。

「服を畳むときもね、こうやってきちんと畳まないと後で着たときに変に見えるようになっちゃうのよ。折り紙だって一緒。最初からきちんと角を合わせて折らないときれいにできあがらないでしょ。さあ、もう一度やってごらんなさい」

初音は毎日のように正代のところに通うようになり、家に帰るのはほぼ夕方という有様だったが、時間や曜日の感覚もおかしくなっていた母親にはほとんど気づかれることはなかった。

それでもときに暴力を振るわれたが、そんなときはとりわけ正代がやさしくしてくれた。

ぐんぐん成長した初音は五年生になるころにはほとんど体力で母親を上回るようになり、母親が怖くなくなった。

もともと運動神経では誰にも負けなかった。その上、家庭科などでは人を助けてやる。明るくなった初音は人気者になり、友達も増えていった。

それにつれ、正代の家に行く回数も自然と減っていったが、困ったときはやはり頼りにしていた。特に友達の誕生日のときがそうだ。まともなプレゼントを買ったりできない初音は、正代が作ってくれるぬいぐるみなどを持っていき、わたしした相手から大いに喜ばれた。

別れは唐突にやってきた。

小学五年のある日、初音が数日ぶりに訪ねると、正代が家からいなくなっていた。表札が剥がされ、カーテンもなくなり、窓から見える室内もガランとしていた。

初音は胸を突かれたようになり、慌てて正代を探し回った。

どこにもいない。正代は持ち物とともに、どこかへ消えてしまった。

半ばパニック状態になりながら、何日も正代を捜し歩いた。小学生の初音には、誰かに問い合わせるなど思いもよらなかった。自分でひたすら捜し回るだけだった。

おばちゃん。正代おばちゃん——。

自分が前ほど行かなくなったことでおばちゃんはいなくなっちゃったんだ。そう思うとたまらない気持ちになった。

正代がいつかいっていたように、子どもたちと一緒に住む夢がかなったのかとも思ったが、どうしてもそうなっている気がしない。いいことが起きたなら、きっと初音にも教えてくれたはずだと思うからだ。こんなふうに急にいなくなってしまうのには、何かしら悪いことが起きたに違いない気がした。

何日も何日も捜し歩いたが、何もわからなかった。

大きな喪失感を味わったが、それは時間をかけて徐々に薄くなっていった。

その後も似た体型の女性を見かけるとはっとして顔を確認したりしたが、捜し歩くことはしなくなった。

正代がいなくなって数か月後、アパートが取り壊され、あとには一軒家が建った。当たり前だがそこに入居したのは知らない一家だった。

中学生になり陸上部に入った初音は、いそがしさにかまけて正代のことを思い出すこともなくなっていった。

5

猿谷亭《さるたにとおる》、二十七歳。それが容疑者として挙がっている人物の名だと栗松刑事が乃井に洩らした。

猿谷には前科こそないものの、再三にわたり女性をつけ回したことで書類送検されたことがあった。猿谷のことを警察に相談した女性は複数にのぼった。警察ではるかに多くの余罪があるとみている。

猿谷は祖師谷市内にひとりで住み、工務店に勤め、主に塗装の仕事をしていた。

「目撃証言とかからじゃなくて、経歴からマークしたってわけね」

乃井の言葉に栗松がうなずいた。

「ええ、そうです。相変わらず目撃証言なんかは取れていませんから」

膨大なデータベースを駆使した警察ならではのやり方だ。

現在、猿谷のことは交代制で常にふたり以上の刑事が見張っているという。

「――その人が犯人だとしたら、もう私たちの出る幕がないんじゃないですか」

事務所に帰ってきた乃井が栗松から聞いた話をすると、ゆかりはいった。

（当然想定すべき事態）

「その名前をいま依頼人に教えちゃうって手もあるけどね」初音がいう。

「間違ってたら大変よ」

猿谷という容疑者が、久能純子の夫が所属する組の組員たちに連れ去られ、半殺しもしくは殺されてしまうかもしれない。

今回の仕事は、必然的に誰かをそういう窮地に陥らせる結果になるのだ。あらためてゆかりはそう思った。

「冗談だよ」

「依頼人との契約には、警察発表より早く教えるって文言にしてあるわ」乃井がいう。

「逮捕される前に令状の発行っていうのがあるでしょ。栗松からその瞬間に連絡をもらうことにしてあるから、まず発表より遅れるってことはないと思うわ」

（さすがは所長。抜け目がない）

「でも、それだとさ、暴力団は相手を確保できないわけだろ。それじゃあ依頼人が文句をいってこないかい？」初音がもっともな疑問を口にした。

「可能性としてはあるわ。けど、まさか向こうだって自分たちで捕まえて料理したいからなんていえないでしょ。それに、あくまでその気になれば、令状発行時点で教えれば警察から横取りすることだってできなくはないわ。それは向こうの問題」

「けどなあ、相手はゴネるのが仕事のヤクザだろ」

「これは私の勘だけど、あの久能純子って人は約束を守るタイプだと思うの。そう思わなかったらこんな仕事は最初から受けないわよ」

（所長の勘。極道の妻の仁義を信じるか）

「なるほどな。まああんたがそういうんなら、こっちも従うよ。なあゆかり」

「うん」

「栗松刑事ってそこまで信用できるでしょうか」ゆかりは乃井に尋ねた。栗松は横領刑事だと知っている。そんな人間をどこまで信用していいのか疑問に思ったのだ。

「たぶんね。今度の事件の解決は、栗松にはほとんどメリットがないのよ。一応捜査に参加はさせられているけど、二課だから周辺事情の確認とかそんなことしかやらされていない。手柄を取るのは一課か機捜か警視庁からの出向組の誰かよね。

一方、栗松は私を裏切ればどうなるか知ってるわ。その辺の計算が狂うとは思えない」

（所長の計算も狂うとは思えない）

ゆかりは納得してうなずいた。

「正直、その猿谷って奴が犯人である可能性はどれくらいなんだろう」初音がいう。

「わからない。けど警察はそういう追及の仕方でこれまでも犯人をあげてるわ」

それほど広くはない祖師谷市内。性犯罪の履歴を持つ者を順番に当たっていけば、いずれ犯人に行きつく可能性もあるだろう。目撃証言などがない場合、それしか方法がないのかもしれないが。

「じゃあまあ、そっちはそっちで栗松ちゃんからの連絡待ちってことで、ウチらとしたらどうする?」

「もう闇雲に街をうろついている場合じゃないわね。やっぱりふたりの被害者がどうして選ばれたのか、共通項を見つけるしかないわ」

乃井がプリントアウトした久能恵美利と稲倉麻奈の写真をデスクに置いた。

「こうして見ると、見ために共通点はないね」初音がいう。

「うん。全然違う」ゆかりもうなずく。

久能恵美利の方は茶髪の髪が長く顔が細身、稲倉麻奈は黒髪ショートで丸顔だ。両方が好きなタイプという人はちょっといなそうな気がする。

「たとえ髪の色を一緒にしたところで、雰囲気がまるで違うふたりよね。連続的に女性を襲うような犯人の場合、被害者のルックスは大抵どこかが似ているものなのよ。全員が黒髪ストレートだとか、同じタレントに似た顔貌をしているとか、犯人の母親に似ているとか。

この違いは何を意味するのかしら」

乃井がそういいながら初音とゆかりの顔を見る。

「いまさらべつな犯人説ってありかな」初音がいう。

「ないわね。殺す前に複数回被害者の頭や顔を殴ったことを警察はいまだに伏せてる。なのに第二の事件でも犯人が同じことをやっているわ」

たしかにそれは決定的な気がする。あるとしたら……。

「第二の事件はそれを知ってる警察関係者が真似したんだったりして」ゆかりはしかし、いいながら違うなあと思った。乃井と初音もそう思ったようだ。

「自分が殺そうと思っていた相手を、連続殺人の被害者に見立てて殺す。絶対にないとはいえないけど、刑事なら殺人事件の犯人がどれくらい執拗に追われるか知っているだろうし」

「最初の事件の犯人が捕まった途端、今度は自分に矛先が向くんだしね」

乃井と初音が続けていう。ゆかりはうなずかざるを得なかった。

「被害者はどっちも、レイプはされてないんだよね」初音がいう。

「これは性的殺人じゃないんじゃないの?」

「そうとも考えられるけど――」乃井が話し始める。

「男性が女性を惨殺する場合、それが究極の性的殺人だという説もあるの。犯人が性的不能者である場合もあるし。だから簡単に違うとはいいきれないわ」

「そっか。でもさ、いまさっきいった、被害者のルックスが全然違うってことと合わせると、どうもそれ以外が目的じゃないかって気がしてさ」

(なるほど一理ある)

「じゃあ、たとえばどんな目的？」

「復讐とか」

「そうだとするとふたりの被害者に必ず共通することがあるわね」ゆかりはいった。

（なんか話が堂々巡り）

「やっぱりそこよね」乃井も同じように思ったようだ。

「私たちが人海戦術で来る警察より先んじることができるとしたら、被害者の共通項から犯人を割り出したときよ。それしかないわ。それができなかったら、この仕事は大いなるくたびれもうけで終わるってこと」

（つまり報酬ゼロってこと）

「ふたりの、ルックスが全然違う若い女の共通点か……」いいながら初音が頭の後ろで手を組む。

「共通して使っている店を当たるっていうのはそれなりにいいセンだと思ったんだけどな」

「そうね。でも駅とかコンビニだけじゃ、あまりに漠然とし過ぎている気がするわ。そのふたつは、はっきりいって誰でも使うでしょ」乃井がいう。

「そうだよなあ。もっとニッチっつうか狭い範囲というか、たとえばスポーツクラブとかカラオケ教室みたいなのに通ってたらなあ」

（それならもう警察が見つけてそう）

「あん？　何かおかしいか、ゆかり」初音がゆかりをじろりと見る。

「ううん」ゆかりは顔の前で手を振った。

「あの、所長」首を振りながら、ゆかりはあることを思いついた。

「栗松刑事からは、被害者たちの残していたレシートとかクレジットカードの利用明細から、共通して利用した店を教えてもらったんですよね」

「ええ、そうね」

「クレジットカードの明細って、もしかすると紙で送られてきたやつしか調べてないんじゃないですか」

「紙？」

「ええ。昔はともかく、いまクレジットカードの利用明細って紙で送ってくるばかりじゃないですよね。ネットで見られるだけにしている場合も多いと思うんですよ。たとえば複数のカードを使っていたとして、昔から使っているやつに関しては、そのまま紙の明細が送ってきてるかもしれませんけど、比較的新しく作ったやつなら、ネットで見ているだけかもしれません。警察はそういうのまで調べたんでしょうか」

「スマホの解析はやったみたいだけど」

「それと、いまは各種電子決済もありますよ。若い女性なら、何かしら使ってる可能性は高いと思います。これは紙の明細なんか残りません。

そのほか、共通のお店のアプリなんかが入ってたら、ふたりともそこを使ってたってことになるし」

「訊いてみるわ」

乃井がスマホを操作した。内容は打ち込めないから会う約束だけだ。会ってからじゃないと話が進まないのがもどかしいが、栗松を情報源として使い続けるなら守らねばならない。


「明日、猿谷を任意で引っ張ります」

〈ポップ１２８０〉のボックス席につくなり栗松が乃井にいった。

「容疑が濃くなったってこと？」

乃井が尋ねると、素早くうなずく。

「犯行時間にどこでどうしていたかという内容があいまいだったので、呼んで話を聞くことになったんです」

「そのまま逮捕になる可能性は？」

「供述の内容によりますけどね」うなずきながら栗松がいった。

任意の聴取で呼ばれ、そのまま逮捕――猿谷が犯人だった場合、自分たちにとってはかなりまずい展開だ。容疑者確保となればマスコミがすかさず発表する。そうなると割り込む余地がほとんどない。警察に確保されてから名前を教えられても、久能純子はきっと気に入らないだろう。

猿谷が犯人でない方に賭けるしかない。そっちの方向で活動していくよりほかにない。

「あーあ、君が犯人だったら楽なのにな」

「僕ですか？　何いってるんですか。さんざんリンチされた上にコンクリつけて海に沈められるのなんかごめんですからね」

乃井は頭を切り替え、栗松にゆかりから聞いた話をした。

「スマホでは主に交友関係を調べましたが――」

「いろんな支払い決済のアプリなんかを細かくは調べてないのね。

あなた、すぐにそれを調べて結果を教えてちょうだい。取り合えずは使用したお店のリストね。

こっちは夜中でもいつでもいいから」

二課の栗松は周辺事情の調査をやらされているのだから、こういうことに興味を持って調べても何の不思議もないはずだ。

「それと、わかる範囲でいいから、猿谷の方の経過もできるだけ細かく伝えてちょうだいね」

栗松から情報が来るのに丸一日を要した。情報屋を使えばはるかに早いが、内容の確実性は間違いなくまさっている。

ふたりの被害者いずれに関しても新たな情報が得られた。久能恵美利はネットだけで明細を見られるクレジットカードの利用があったし、稲倉麻奈は電子決済アプリを二種類使っていた。

栗松が手帳に書き写してきた店の名前を乃井も手書きで写す。

「猿谷の方は？」

「彼が通ったといっている道のカメラ映像を解析しています」

どうやら犯行時刻に猿谷は店に寄ったり誰かと会ったりはしていなかったらしい。

「印象はどう思われているの？」

「結構濃いですね。僕もちらりと顔を見ましたが、表情が落ち着かないというか、常に目が泳いでいる感じで、何をしても不思議ではない気がしましたよ」

「でも、カメラに映ってなかったってだけで逮捕まではならないでしょう」

「ええ。ですから聴取の内容如何でしょう。ベテラン刑事が当たっています。何かしら犯人しか知り得ないことをいったり、容疑がさらに濃くなるようなことを聞き出せたら、即逮捕もあり得ますよ」


「わあ、この〈ルルカポン〉って私たちもつい最近使ったお店じゃないですか」

乃井がメモしてきた店のリストを見ながらゆかりはいった。乃井がわからないという顔をする。初音は帰っていた。

「ほら、今回の依頼が来た直後に頼んだ洋風お惣菜のデリバリーですよ」

「ああ、それね」

ふたりの被害者が共通して利用していた店のリストがさらに三つほど増えた。ルルカポンもそのひとつだ。

「でも、デリバリーの配達人がお客を斬殺ってありますかね？」

「まずないわね」

たしか、乃井探偵事務所に運んできたのは中年の女性だった。

「まだピザの宅配人だったお兄さんの方があり得そうだけど、そっちはふたりとも注文歴なしか」

共通する店のうちの残りふたつはいずれもネット通販大手で、かなり多くの利用者がいる。受け取りの際、必ずしも対面ではない。若い女性の場合、たとえ在宅していても、あえて配達人との接触を避けることもあるだろう。

「久能恵美利も稲倉麻奈も、アパートに宅配ボックスはなかったわ。けど、ふたりがどういう受け取り方をしたかは、簡単にはわかりそうにないわね」

今は駅にも受け取り用ボックスが設置されている。

「一応、ルルカポンの配達人全員のチェックくらいはしておきましょう」

「それ私がやります」


初音は暮れなずむ夜道を歩いていた。わざわざ振り返ったりはしないが、つけられていないのはわかる。帰宅途中をつけてきたこともある畝原も今日はいなかった。

私たちもターゲット層なんだから充分注意するように、と乃井からいわれている。ひとり暮らしの若い女性という点ではたしかにそうだ。

ただし夜道で襲われたりはしていない。危険なのはむしろ家に帰ってからだ。襲われたのがいずれも夜八時台というのが気になる。暗くはなっているが、まだ人目がある時間帯だ。もっと遅い時間の方が、犯人にとって動くのに安全なはずである。

犯人には、その時間にしか動けない理由があるのかもしれない。あるいは何かしら条件があって、その時間帯がもっとも都合がよいのだ。

犯人は仕事を持っている人間だ。昼間は仕事をしており、勤務が終わってから犯行に及んでいるため、仕事先では不審に思われていない。

また犯人は、決して不審者らしくないはずだ。その時間帯、路上では多くの警察官がパトロールしている。凶器を持ち歩いているのに一度も職質で持ち物検査を受けていないのだ。帰宅途中の普通の勤め人にしか見えないに違いない。

やはり配達員を装っているのだろうか。被害者がいずれも自分で部屋のドアを開けていることからして、その可能性は高い。

被害者ふたりの住まいは、歩きで十五分ほど離れている。犯人は徒歩で移動している可能性が高い。被害者宅はいずれも駐車禁止の狭い道に面しており、車を使っていたとすれば、どこか駐車場に駐めおかなければならない。コインパーキングなどの駐車場にはナンバーを写すカメラがついている。近所で事件が起きれば、警察がそれをチェックするのは誰でも予想できることだ。犯人は避けたに違いない。

また夜間の自転車も歩きの場合より職質に遭う可能性が高い。犯行現場近くでもしも質問を受けたら、勤め先の住所にもよるが、帰宅途中という理由が通用しなくなるのではないだろうか。

初音は日にちも気になった。ふたつの事件の間は五日間あいている。今日は第二の事件から四日め。アメリカの連続殺人鬼などには、この間隔をかたくなに守る者もいるとサイコキラーの本で読んだことがある。

明日、第三の事件が起こるかもしれない——。

自分の家に着き、靴を脱いで部屋に上がる。このところ掃除をサボっているので埃っぽい感じだ。

物は少ない。幼いころからおもちゃなど買ってもらったことのない初音は、生活必需品以外の物を買う習慣が身に付かないまま大人になってしまった。母親が死んでしばらくたつが、増えたのは服くらいのものだ。

母親の物は全部処分してしまった。とっておけるような物もなかった。

血のつながりのない母親だと思っている。

乃井は、母親とのDNA鑑定もやった方がいい、とは一度もいわなかった。いわないでくれたと受け止めている。

出会ってすぐに、新しい母親とはいわないまでも、姉貴分ができた気分になったものだ。

初音は、着替えて湯を沸かした。コーヒーを作って飲みながら、乃井との過去の日々が頭に蘇ってくるにまかせる。

決して忘れることのできない、あの衝撃的な日が脳裏に再現される。

6

横手真由美が初音の本当の母親ではないとわかり、渕村千穂に対しても同じことをしなければならなくなった。やらなければここまでやってきたことの意味がない。初音は乃井に対し重ねての要請はしなかった。やってくれると思っていた。

再び違法な家宅侵入をして毛髪を取ってくるのだ。

乃井は、次の火曜の午前中にやるといった。初音はその日、学校を休むことにした。

乃井にいえば反対されることはわかっている。だから黙ってついていくことにした。何もせずにはいられない。

渕村千穂の家のそばには、しばしば公安警察の車が止まっているという。公安と聞かされてもピンと来ない。外国のスパイを取り締まっているくらいしか知らない。自分たちのやることと関係はないだろうが、あまりこちらの姿を見られたくなかった。彼らのターゲット周辺に近づく者は全員撮影しそうな気がする。

火曜日、初音は乃井をつけるのではなく、すでに住所を知っている渕村家の近くで待ち伏せすることにした。その方が乃井に気づかれずにすむ。

アパートを挟むふたつの道。公安の車は広い通り側に止まっているというが、車は一台もいない。乃井は駅からやってくるはずだ。そちらから見えないところに体を潜ませる。

午前十時すぎ、もともと人通りの多くない道はがらんとした雰囲気だ。初音は九時半から待っていたが、誰からも不審そうな視線を向けられずにすんでいた。

乃井がやってきた。スーツ姿で薄いブリーフケースを持っている。いかにも保険のセールスレディみたいだ。初音は住宅の立木の枝の間からちらりとだけ見て目を伏せた。

それにしてもこれは何の木だろう。民家の庭から道に張り出すほど茂った樹木が、パセリを濃くしたような緑の匂いをむせそうになるほど発散している。

乃井は絶対に細い道の方からアパートに入るだろうと思っていたので、初音はそちら側で待機していた。乃井はいったん広い道をチェックしてから細道の側に戻ってきた。

乃井との距離は数十メートル。初音はそれ以上近づかなかった。いま乃井の感覚は研ぎ澄まされている。近づけば簡単に気づかれてしまうだろう。

階段を上る音も聞こえないほど離れていた初音は、時間的に乃井がドアの鍵に集中しているころを見計らって動きを開始した。

もちろん、鍵をいじっているときの乃井は周囲をこれ以上ないほど警戒しているはずだ。だから見えるところまでは行かず、アパートのすぐそばで耳をすませる。

全身を耳にしている初音に、カチャリという音が届いた。
一、二、三、四、五——初音は行動を開始した。見上げてもそこに乃井の姿はない。音を立てないように階段を上る。
そのとき突然、異様なほど強烈な不安が胸にこみ上げてきた。

何だろうこれは。やってはいけないことに踏み出そうとしているせいなのか。

思わず初音は左手で胸を押さえた。

心臓は、少々早いのかもしれないが普通に脈動している。

足を止め、深呼吸をしてみたが、強い不安は少しも収まらない。

中学生のころ、自分を目の敵《かたき》にして悪さを仕掛けてくる男子生徒を、帰り道につけていき、後頭部を思いきり殴ってやったことがある。こちらの姿は見られなかった。相手は病院送りになったが、そのときの記憶を失っていたそうだ。

あのときですら、こんな不安は微塵も感じなかった。

何かの予感なのか。

呼吸する空気が冷たく感じる。肺が冷え切っているようだ。初音は心を決めてふたたび階段を上り始めた。


渕村の表札があるドアの前でしばらく様子をうかがう。何の音もしなかった。

奇妙なほど静まり返っている。胸の不安はむしろ増大していた。

何の根拠もなく、もう限界だという気がした。初音はドアノブをつかんでいた。

まるで自分の意志ではなく、誰かに体を乗っ取られたかのように初音はドアノブを回していた。

心臓がもう喉元までせり上がってきているようだ。自分の脈拍が異様に耳の近くから聞こえる。

ゆっくりとドアを開けていった。隙間から見える廊下には誰の姿もない。

玄関に靴が何足か置いてある。そこにさっき乃井が履いていた物を見つけたので、自分も脱いで上がる。

廊下の途中、洗面所に通じるドアがあった。少しだけ開いており、中には誰もいないことがわかる。その脇を、初音は通り過ぎた。

奥のドアも少しだけ開いている。そこから薄い光が伸びているが、それ以外のものは見えない。

乃井はここにいるのか。

この、誰もいないような静けさはどういうわけだろう。

ドアの前で佇んだ初音は、ドアには触れずに中をのぞいた。そこからだと向かい側の壁しか見えない。

耳がどうかなってしまったのか、呼吸の音すら聞こえない。初音は指先でそっとドアを内側に押していった。

顔が入るだけ開くと、そこに首を突っ込んで――。

「あっ！」

自分の斜め上から小さな声がして、初音はとっさに身を引いた。

すぐそばに乃井がいた。右手が持ち上がっている。

室内をのぞきこんだ者の首に、手刀を振り下ろそうという恰好のまま停止している。

「初音！」

「乃井さん！」

乃井の顔は完全に血の気を失っていた。ほとんど引きつった顔つきになっている。

「どうしてついてきたの――」

乃井のあまりに緊迫感に満ちた声にたじろいた初音が答えずにいると、乃井の視線が部屋の奥に動いた。つられて初音も首を巡らせる。

…………。

意味のわからないものがそこにあった。ぽかんと口を開けた初音は答えを求めるように乃井の顔に視線を戻す。乃井は軽く首を振った。

四人掛けの白いダイニングテーブルがあった。その奥にキッチンが見えている。テーブルに三人の人間が座っていた。

座ったまま、三人とも上半身を前に倒している。そのため顔は見えない。

白いテーブルの上に、赤黒い物がしたたっていた。大量にだ。テーブルの上にも床にも、赤黒い液体がいっぱいに落ちている。血だ。

血は、乃井と初音がいるところまでは流れてきていない。思わず飛び上がりそうになった初音だが、足元を見てなんとかその場に踏みとどまった。

何これ。どういうこと？

もう一度、乃井の顔を見上げる。乃井はとうに腕を下げていた。しかし、その瞳に答えは見いだせない。

「ほかには誰もいないわ」

ようやく乃井がしゃべった。低く鋭い声だ。うなずこうとした初音は口の中にツバキがたまっているのを知り、それを飲み下した。

「――わからない。入ったらこうなっていたのよ」

うなずく。その通りだろう。こんなことをする時間は絶対になかったはずだ。

テーブルにうつ伏せになっているのは大人の男女と女の子の三人だった。うつ伏せなのでわかりにくいが、子どもは体格からして初音と同年代らしい。

三人とも完全に死んでいるようだ。触ってみなくてもわかる。ぴくりともしないし、生気がまるで感じられない。三人の様子を見てから乃井を見ると、意味がつうじたらしく首を左右に振った。小さいがきっぱりとした振り方だ。おそらく見ただけではなく触れて確認したのだろう。あらためて赤い血に目をやる。すでに乾ききっているように見えた。

三人のうちひとりでも生きているなら、何はともあれ救急車を呼ぶべきだが、そうでない以上どうしたらいいのだろう。

徐々にではあるが、初音も落ち着きを取り戻してきた。

目の前の三人はもう物と化してしまっている。この人たちを生かすために自分たちにできることは何もないのだ。

乃井が右手を上げてテーブルの上の一点を指さした。父親らしき男の右手のすぐそばだ。拳銃だった。まるで撃ってからすぐ置いたという感じでそこにある。

「あなた、誰にも見られなかったわね」

乃井が押し殺した声でいう。初音は無言でうなずき返した。

「すぐに帰りなさい。出るときも誰にも見られないように」

「乃井さんは？」

「私もすぐに行く。早く行きなさい」

動きかけた初音に乃井が重ねていった。

「どこかに触った？」

「このドアと外のドアノブ」

「わかった。さあ行って」

玄関に行って靴を履き、ドアを少しだけ開けて外をうかがう。誰もいない。素早く外に出た初音は細い道の方に歩き出した。

どこかで乃井を待っていようかと思ったが、思い直してひとりで帰ることにした。


十日と少したったころ、乃井が初音に電話してきた。その間、初音は乃井の事務所にも行かなかったし電話もかけなかった。

「違ったわ」乃井がいった。

「渕村千穂はあなたの母親じゃなかった」

なんと乃井は、あの状況でしっかりサンプル採取してきたのだ。だから初音に先に行けといったのだろう。

「………」

そんなはずは、とか、何かの間違いじゃ、とかいう言葉が出てきてもおかしくないはずなのだが、初音の口から反発の言葉は出てこなかった。

あの三人の死亡現場を見たことで、自分の問題がはるか彼方へ飛んで行ってしまったかのようだった。それほど衝撃的なことだった。あれ以来、まともにものを考えることができなくなっていた。

自分の母親と同じ産婦人科で同じ時期に出産していた横手真由美と渕村千穂。このふたりが違うというのなら、自分は一体何者なのか。誰から生まれた人間なんだろう。

乃井は依然として、自分の母との鑑定もしてみろとはいわなかった。

不思議なのは事件のことだった。あれほどの事件がマスコミなどに一切報道されない。まるで存在しなかったかのような扱いだ。

いまだ死体が見つかっていない？　いや、それはあり得ない。三人もの死体だ。あのアパートにはほかにも住人がいた。そのまま放置されていたら、匂いなどで気づかれないはずがないではないか。そして見つかっていれば大騒ぎにならないわけがない。

見たのは自分だけじゃない。乃井もいたのだ。だからあれは絶対に気のせいでもなければ夢でもない。

一体どういうことなのだろう。

初音にしても、今さら通報するなどあり得ない。公衆電話からなら、と考えないでもなかったが、いまだ報道もないことからして、どうもそうする気にはなれなかった。

さらに数日がたってから、初音は乃井のところに行った。そして、正式に乃井探偵事務所の所員になった。

事件について乃井にも尋ねてみたが、乃井もわからないといった。

「でも、きっと公安が絡んでるわ。彼らのターゲットはあの家だったのよ」

その証拠に、というべきだろう。しばらくしてから乃井探偵事務所の近辺に公安警察が現れるようになった。

自分たちはやはり、見られたか写されたかしていたのだ。

乃井と初音はそれ以降、初音の親について話したことはない。

第四章　クロスエンド

1

部屋のチャイムが鳴ったとたん、高校でバレーボール部顧問をしている体育教師の駒中芙美《こまなかふみ》はいやな予感がした。部員の生徒かその親が、厳しすぎる指導に対する抗議に来たのかと思ったのだ。

今日も部活中に涙を見せる生徒がいた。いけないとわかっているのだが、自分の思い通りに動けない生徒を見ると、いつしか熱が入ってしまう。もたもたしている生徒についきつい言葉で叱りつけてしまう。

これまでにも一度、親に連れられた生徒がもう辞めさせてくれというために、学校ではなくこの部屋まで来たことがあった。

あのとき生徒の親は、先生のことを都の教育委員会に訴え出るという話がクラブで出ていると捨て台詞を残していった。

今のところはまだ、そういうことにはなっていない。だが芙美は、誰かが訪ねて来たり電話が鳴るたびにびくりとするようになってしまった。

ドアに近づいてのぞき穴を見た。生徒と親のふたり連れではないのを見てほっとする。

「どなた?」

ドアを開けた。相手の顔を見たとたん、まるで面識がないという思いと、最近どこかで会ったことがあるという思いが交錯した。心の深い部分の方に、自分はつい最近、この人に会ったことがあるという確信のようなものがある。芙美はそちらに意識を集中した。

「あのう、これ見てもらえませんか」

訪れた人物が折りたたんだ紙を広げる。紙には小さな文字列が並んでいた。読もうとした芙美が首を前に出す。

あ、そうだ。この人はついこの間……芙美の心が答えをつかみかけた。

でも、どうして?

そのとき、芙美の側頭部を何かが襲った。


「――猿谷が解放されました」

〈ポップ1280〉のボックス席で栗松刑事が乃井にいった。彼を拘留中に新たな第三の殺人事件が起きたのだという。

現場の様子からして第一、第二の事件と同一犯である可能性が極めて高い。特に、マスコミにはいまだ伏せている、被害者が殺される前に数回にわたり鈍器で殴られているという条件が一致していたことで、これ以上猿谷を引き留めておく理由がなくなった。

「今度は高校の先生です」

栗松はもういちいち問いただささなくとも進んで情報を教えてくれた。

犯行の時間帯も午後八時から九時の間。ひとり暮らしだった被害者の住まいも、エントランスに防犯カメラもなく常駐の管理人もいないアパートという、これまでと同じ条件を備えていた。

「犯人はほとんど、住居の条件で被害者を選ぶ無差別殺人犯みたいね」乃井は思ったことをいった。

「ええ。ですがそういうアパートやマンションは市内にたくさんあって、全部を見張るのはとても無理です」

三百人体制となった捜査班が今日もあらゆる捜査を行っている。関係者のもとへは繰り返し刑事が訪れることだろう。

ただ今度の被害者の関係先をいくら洗っても犯人にはたどり着けない。乃井はそう思っていた。逆にそういう方法で見つけ出せるとすれば、自分たちが警察より先んじるのは無理な話だ。

「また、被害者の立ち回り先のリストをお願いするわ」

乃井の要請に栗松がうなずく。

犯人が、被害者の住まいの状況を考慮しているのは間違いないだろう。絶対ではないかもしれないが、かなり重要視しているはずである。とりわけ防犯カメラのあるなしには注意を払っているに違いない。

もしも本当に、それだけが条件の無差別殺人なら、自分たちがこれまでやってきた方法も無駄だということになる。栗松もいったが、周囲にカメラがない、管理人がいない、などの条件に合う場所を全部見張るくらいのことをしなければ発見できないだろう。

ただ、犯人がターゲットを選定するに当たって、少なくとももうひとつ何かがあるような気がする。完全に乃井の勘だが、その何かを見つければ、警察より先に犯人にたどり着けるのではないかと思えるのだった。


乃井探偵事務所から歩いて二十分ほどのところに洋風総菜デリバリーをやっている〈ルルカポン〉の店舗がある。ゆかりが見たチラシには書かれていなかったがデリバリーのほかに店舗での直接販売も行っていた。

見張りによって、夕方から夜の配達人が三人であることがわかった。乃井探偵事務所にも配達に来た、太った中年の女性と、二十代らしい男性ふたりだ。三人はいずれもチラシ配りも兼ねているらしく、配達品のほかにチラシの束を抱えて店を出ていくのが見られた。

ゆかりは一日目にひとりの男性配達人の後を尾《つ》け、二日目にもうひとりの方を尾けた。配達人はいずれもバイクを使う。ゆかりは自前の自転車だったので追うのは大変だったが、住宅地でそれほどスピードを出すこともなく、また何度も止まるので、なんとかついていくことができた。

初日につけた男性は背が高くガタイもいい。五件の配達をすませた後に、周辺住宅へのチラシ配布を始めた。配達した家に注意を向けたり、周囲に気を配ったりなど、不審な行動はまったく見られない。配達中もチラシの配布中も、後ろにいるゆかりのことなど見向きもしなかった。

二日目のもうひとりの男性は中肉中背で前日の人より年上だった。こちらもまるで周りに無頓着な様子で淡々と仕事をこなした。ただ、チラシの配り方に特徴があり、集合住宅のポストにどんどん入れていく際、少しでもはみ出すのがゆるせないのか、はみ出した紙をポストの中に手を突っ込んで入れ直していた。

この二日目は、後に第三の事件と同日だったことがわかったため、ふたり目の男性の無実は確実となった。犯行時間帯にゆかりが一緒だったからだ。

遅い時間に事務所に帰ってきたゆかりは、徒労感をおぼえながら久能純子への報告書を打った。プリントアウトした用紙を乃井に見せると、いつものように二秒ほど目を走らせたあとOKという。ゆかりはそれを封筒に入れ、帰り際にポストに投函する。相手の希望したやり方だ。このところ報告するようなことはほとんどない。久能純子はどう思っているのだろう。いまのところクレームなどは来ていなかった。

突然、娘を失ってしまった母親の気持ちは、ゆかりには想像しきれないが、久能純子が何かしなければいられない気持ちになるのは充分理解できるつもりだ。

普通の人なら警察の捜査に任せ、わざわざ個人で探偵に頼んだりはしない。それは久能純子にお金があるからだろう。矛盾するようだが、成功報酬制にしたことで、ほとんど見込みのない調査に無駄金を使わなくていいと算段しているのかもしれない。

久能純子の行為は、無残にも殺されてしまった娘に対する償《つぐな》いなのかもしれないと考えるのは穿《うが》ち過ぎだろうか。

仕事を終えて乃井に別れの挨拶をし、外に出て歩き出したとたん、横からすうっと近づいてきた人物がいた。

「記者じゃなく本当は探偵さんだったんですね」

ゆかりがはっとして相手の顔を見る。たしかに見おぼえがあるが、とっさに誰だか思い出せない。

「網本です。館橋さんのところでお会いしました」

「ああ」

太った男性だ。思い出した。館橋というのは最初の被害者、久能恵美利が関わっていたギャラリーのオーナーだ。彼女の家に行ったときに会っている。

「何か御用でしょうか」

「いえ。用というほどのことじゃないんですけど」

網本が太めの体を一歩寄せてくる。

「何となく、あなたは名乗った通りの人物じゃないような気がしましてね。ちょっと興味がわいたんです」

なんと、あのとき帰りをつけられたのだ。ゆかりはさりげなく相手の腕を見た。薄手の鞄を提げた腕はかなり太い。この腕を取ったとして、関節技が効くだろうか。

だめ、ムリそう。簡単に跳ね返されそう。

「お疲れでしょうが、ちょっと、これからお茶でも付き合ってもらえませんか」

「いえ。もう帰るところなんで」

歩き出そうとするゆかりの前に網本が立ちはだかる。

「どういう理由で館橋のところへいらしたのか、本当のことを話してもらえませんか」

太い手を上げてゆかりの手首をつかんだ。

「やめてください」

ゆかりはとっさに両手で相手の腕の関節を反対に曲げようとした。案の定、簡単に振りほどかれる。

「ほほう。そんな技をお持ちとは。さすがは探偵さんだ」

「警察呼びますよ」

「呼んでどうするんですか。いま暴行を加えようとしたのはあなたの方ですよ」

ゆかりの頭の中に、前回網本と会ったときの状況が思い出された。あのときたしかに強い違和感を受けたことがあったはずだ。何だったっけ？　ああ、そうだ。館橋の顔！

「あなた、館橋さんに暴力を振るってますね」

「えっ」網本の声が震える。

「あの日、私が訪れたときも、直前に顔を殴りましたね。日常的にやっているんでしょう」

「い、いや。何をいうんだ」

一か八かの賭けだったが、どうやら相手の図星を突いたようだ。あのとき、館橋の顔の片側だけ化粧が濃く、明らかに腫れていた。あれは殴られてできた青あざを隠すためだったのだ。

「あんたには関係ないことだ」開き直ったようにふたたび近づいて来る。

「暴力行為を知ったら警察に通報するのが市民の義務だわ」

そのとき、網本の体が硬直した。

「そのままじっとしてなさい」

網本の後ろから乃井の声がする。

「武器持ってないか調べて」

ゆかりは前に出ると、網本のポケットを探った。財布とスマホ、あとはハンカチくらいしか入っていない。薄い鞄の方も調べる。こちらは書類だけだ。

「ありません」

連続殺人犯が使っている可能性がある鈍器は、それなりの厚みと大きさがあるはずだ。網本はそういう物はもっていない。紐も見当たらなかった。

「あなた、どういうつもりで近づいたの？」

乃井が網本に尋ねる。

網本の両手がさらに持ち上がった。乃井が背後から押し付けている物に力を込めたようだ。

「こ、この方が魅力的だな、と思ったもので」

「もう来ないわね」

「は、はい」

「次にまたこの辺りで見かけたら、うちの殺人マシーンを差し向けるわよ」

ゆかりの脳裏に、初音の膝蹴りが網本の股間に命中する様が浮かんだ。蹴られた網本の体が倍ほどに膨れ上がる。

（網本氏、体内ガス引火により大爆発。いや、それはないか）

「わかりました」

網本の体からふうっと力が抜ける。突き付けられていた物が離れたのだ。

網本が最後にゆかりを一瞥すると、足早に駅の方に去って行った。いけ好かない男。今度、館橋にもアドバイスして本当に通報してやろう。

だてに人間観察でメシ食ってるわけじゃないんだよ、このゆかり様は。

「助かりました。ありがとうございます」

ゆかりは乃井に頭を下げた。乃井が持っていたペーパーナイフをくるりと回転させて見せる。

「まあ犯人じゃないわね」

「ええ」犯人は自宅にひとりでいるところを襲ってくる。

「もう時間帯を過ぎてるけど、くれぐれも用心してね」

「わかりました」

犯行時間は午後八時から九時の間。ただ、今後も犯人がそれを維持する保証はない。

（用心用心。ああ怖かった。所長、サンキュー）

第三の被害者、高校教師だった駒中芙美の情報も、栗松を通じて徐々に入ってきた。

同僚の教師たちからは特に変わった話は出てこなかった。真面目で、ちゃらちゃらしたところなど微塵もない典型的な教師タイプの女性だ。七年間の教師生活中、病欠すら一日もなかったという。

生徒宅を訪れた刑事からは、少し違った話を持って帰ってきた。自分が真面目でミスがない分、生徒には比較的厳しかったようだ。特に顧問をしていたバレーボール部では指導が厳しく、これまでに二度ほど生徒の保護者からクレームが入ったことがあった。

「やっぱこれも一種のツンデレだね」

栗松から聞いてきた話をすると、初音がいった。

「同僚とか上からの受けはよくて、生徒には厳しい。きっと遅刻なんかでねちねち責めるタイプだったんじゃない」

「そうね。三人ともある程度共通しているとなると、それが犯行の動機につながる可能性はたしかにあるかも」乃井も肯定する。

「初音も気をつけた方がいいかも」ゆかりはニヤニヤしながらいってみる。

「あたしはツンデレじゃないんだよ。デレの部分がないからね。誰に対してもツンツンなのさ」

（ツンツンなら大丈夫なの？　変なの）

「もしも犯人が被害者たちの人となりのせいでターゲットに定めているんだとすると、間違いなく被害者たちとの接点があったはずよ。この三人にはやっぱり共通点があるんだわ。それを見つけることが唯一の勝ち目なのよ」

乃井が現実的なことをいう。

「またしても共通の知り合いとかはいなそうだよね。一体、犯人の野郎はどこで被害者たちと接触してるんだろう」

初音がため息とともにいう。結局その問題に戻るのだ。もう何日も考え続けている。

「一応また、利用していた店のリストももらったわ」

乃井が栗松の手帳のページを写したメモを見せた。

「最初のふたりのときとあまり変わりばえしないね。コンビニ、スーパー、ネット通販、ハンバーガーやピザ屋、惣菜デリバリーもあるわ」

同じ名前の量販店も利用しているが、それぞれ店舗が違う。

「思うんだけど――」ゆかりは頭に浮かんだことを話し始めた。

「三人全員じゃなくても、ふたりだけでも共通してたら調べる対象にしてもいいと思うんですよ。ほらこの美容院なんか、稲倉麻奈は利用してないけど久能恵美利と今度の駒中芙美は使ってます。もしかすると稲倉麻奈も行ったことがあって、そのときは現金払いをしてレシートを棄てちゃっただけかもしれないじゃないですか」

「そっか。なるほどな。そうなると三人中ふたりが利用したところもチェック対象だな」

そうして調べた結果、新たに浮上してきたのは〈ラ・マルク〉という美容院と吉野耳鼻咽喉科の二カ所だった。

〈ラ・マルク〉は祖師谷市外にある美容院で、ゆかりも行ったことはないが場所は知っている。

さっそく予約して髪を染めてもらうことにした。

その結果わかったのは、そこには男性従業員がいないということだった。

ここで初めて、犯人は男性とは限らないのではないかと考えた。被害者たちはいずれも性的暴行は受けていない。そういう視点から従業員たちを観察してみたのだが、美容院で働く女性たちに到底あんな犯罪が起こせそうな人など見当たらない。

もっともサイコパスというのは、普段の生活ではその裏の顔を完璧に隠しおおせるそうだから簡単に判断はできない。完璧を期すなら、全員の夜の動きを見張らなければならないだろう。

吉野耳鼻咽喉科の方は乃井が担当した。こちらは患者として受診してみるわけにはいかない。院長は六十近いベテラン医師で、従業員は三人おり、二十代がひとりと三十代がふたりの、いずれも女性だった。乃井はそれらの情報を手っ取り早く情報屋から仕入れた。

院長は五年前に妻を亡くしており、三十代の従業員とはそれなりの仲になっており、しょっちゅうその女性が泊まっていくという。こうなると犯人とは考えにくい。

「全員を見張ることなんかできない。どこかそれっぽい容疑者でも現れれば、的が絞れるのに」

乃井はいった。

犯行時間が決まっているので見張りはしやすい。しかし二人ではいかんせん人手が足りない。容疑の薄そうな二十代の女性従業員をつけたりしているうちに、次の犯行が起こってしまいそうだ。

「今のところ警察の捜査もまるで進展してない」

それだけが救いだといえば変ないい方になるが、実際に警察の捜査が進んでいないのは自分たちにとってわずかな望みをつないでくれている。

「わかったわ。もうこうなったら、どう見ても犯人じゃなさそうな女性従業員でもいいからひとりずつつけて歩くしかないもん」ゆかりが決意の表情を浮かべていう。

「私、さっそく今夜から実行します」

「うん。それがいい。運でもなんでも、やってみなきゃぶつからないからな」と初音。

「ひとつ疑問があるんだけどさ、犯人は凶器をどうやって運んでるんだろう」

「そうね。こないだの網本のときにも思ったんだけど、紐の方はともかく、殴るのに使っている鈍器はかさばるはずだわ」乃井がうなずきながらいう。

「勤め人が持っている鞄なんかは警察に職質で開けて見られる可能性がある。だからそんな単純な運び方じゃないんだ」

「忍者の刀みたいに背中に背負っているとか」ゆかりがいった。

「あり得るな。厚み十センチくらいの物なら、黒っぽい服の背中に隠したら見えにくい」

「あとは髪の毛の中とか鬘《かつら》の下とか」

「靴の踵に鉄や鉛が仕込んであるってのも考えられるよ。襲う直前に脱いで手に持って構えるんだ」

「そうね。馬鹿げてはいないと思うわ。脇の下や股の間は、怪しまれれば身体検査で調べられる。だから普通ではない場所に鈍器を隠し持っている可能性が考えられる」

乃井はまとめるつもりでいった。

「凶器の隠し場所に気をつけること。あと集中すべきはともかく、犯行時間が始まる八時少し前ね。その時間には間違いなく犯人が外をうろついているんだから」乃井はいった。

「そのパトロールはあたし、ガンガンにやるよ」初音が応える。

突然事務所のドアがバーンと開いた。相当に乱暴な開け方だ。乃井たち三人がおどろいて見つめる中、ひとりの女が部屋に入ってきた。見おぼえのある人物だ。

久能純子だった。目下の件の依頼人。

「ふん、どうやらこっちの買い被りだったわね。この役立たず！」三人を睨みつけていう。

2

「暇そうにおしゃべりなんかしてないで、さっさと恵美利を殺した犯人を見つけなさいよ！」

まだ外は明るいのにかなり酔っぱらっているらしかった。

（依頼人、酒乱気味）ゆかりはメモする。

久能純子の、以前はきちんとまとめられていた髪は乱れ、エルメスらしきブラウスの上から二番目のボタンが取れてなくなっている。

「ええっ、何とかいったらどうなの。三人とも口がきけないの」

（目つき恐すぎ）

「久能さん――」乃井がなだめるように立ち上がった。

「私たちは何とか犯人を見つけるべく鋭意努力を――」

「ゴタクはいいのよ。結果が聞きたいの。夫は私立探偵なんて無駄だからやめとけってバカにしたのよ。私だってあなたたちが三人で警察に勝てるなんて思っちゃいないわ。けどね、ここの経歴を見て少しは期待してたのよ。見返してやりたいじゃないの」

ヒールの踵を鳴らして地団太を踏む。

（夫婦間のライバル心強し）

「すみません」乃井が頭を下げる。初音とゆかりも倣った。

「いい？　ふざけてるんじゃないのよ私は。できないならできないっていいなさい。お望みなら今すぐこれまでの必要経費を払ってお払い箱にしてあげる。

どうなの？　あなたたち」

そのとき、開きっぱなしのドアからもうひとり、入ってきた。短髪の若い男だ。背はそれほど高くなく、その分がっしりした体型だ。

「姐《あね》さん――」

久能純子に近づいて腕を取ろうとする。

「うるさいわねコウジ、車で待ってなさいっていったでしょ」

振り返ってわめきながら腕を振りほどく。コウジと呼ばれた男は、見た感じはそれほどヤクザっぽくはないが、純子のボディガードをやらされている組の下っ端に違いない。今は見るからにそれっぽいルックスの人は少ない。

(コウジ、もっとしゃべらないとわからないけどなんかいい奴っぽい)ゆかりの鉛筆が素早く踊る。

この事務所は男子禁制にしているので、いつもなら入ってこようとしただけで注意するのだが、今はそれどころではなかった。

「やるよ。見つけてやるよ」初音が口を開いた。

(うわあ、そうだった。ここには超・挑発に乗りやすい人間がいたんだ)

「へえ、あなた所長より骨がありそうね。その言葉に嘘はない？」

「女に二言《にごん》はないよ」

(そんな格言あったっけ？ まあいっか)

「姐さん、もう帰りましょう」コウジがいう。それを無視して久能純子が初音にいった。

「期限を切らせてもらうわ。あと三日。それが過ぎたらおしまい。いいわね」

事件の方だとあと一回分。

「わかりました」乃井がいった。

久能純子がにやりと笑う。それから振り向くと、伸ばしてきたコウジの手をふたたび振り払い、先に立って部屋を出ていく。コウジはこちらに向かって軽く頭を下げ、純子の後を追った。

(コウジ、やっぱりいい奴っぽい)

初音とゆかりが帰っていくと、乃井は事務所の奥にある自分の部屋のベッドに横たわった。頭の後ろで手を組み合わせる。

ふたりともいろんなアイディアを出してくれる。それだけ必死で取り組んでいるということだ。犯人がまだ等間隔を保つなら、今日は犯行はない。いまのうちに、何とか考えをまとめておきたい。これまでの活動のフィードバックだ。

あまり考えてこなかった点。

犯人が防犯カメラになるべく映らないよう、細心の注意を払って行動しているのは確実だ。ニュース報道を見ていてもわかる。現代の犯罪者のほとんどが防犯カメラ映像から逮捕されているのだ。そのことを意識していない犯罪者など、あっという間に捕まってしまう。

よく報道番組などで流されるカメラ映像は極めて荒く画質が悪いように見え、これでは個人の特定など無理なのではと思わされるが、あれは事実をそのまま映していない。

いまスマホで撮る写真の画質を見ればわかるように、ひと昔前と比べ、画質は飛躍的に向上している。顔の微細な特徴までばっちり撮られている。

テレビなどであえて画質の悪い映像を流すのは、あまり鮮明な物が出ると、視聴者が頼もしく思うよりもむしろ逆に恐怖をおぼえるからだろう。自分の顔もあんなにはっきり写されているのかと。

この犯人はカメラ映像から割り出されていない。

犯人は事前にカメラのある場所や向いている角度を調べており、自分が映らないように行動しているわけだ。土地勘がある、とまではいい切れないかもしれない。事前に時間をかけて調べることは可能だからだ。事件が起こる前なら、カメラの位置を調べるような行動をしていたとしても不審に思われずにすんだだろう。

もうひとつあるかもしれない。

世の中には、人の視線に非常に敏感な人間がいる。真後ろから見られていてもすぐに気づくのだ。探偵をしている乃井は知っていた。

そしてさらに、敏感な中でもひときわ鋭敏な人の中に、カメラのレンズを向けられただけでわかるという人がいるのだ。乃井は直接には知らないが、かつて潜入カメラマンをやっていた人から聞いたことがある。危険な人たちが集まる店で隠し撮りをする場合、そのカメラマンは事前にカメラをセットすると、そこから離れたそうだ。あっ、カメラがある、と気づく人がいたからだという。もともと敏感な上に、犯罪をやっているような人間だと感覚が研ぎ澄まされているのだろう。

この犯人ももしかすると、そういう人間なのかもしれない。そのためカメラの位置や角度が変わったとしても、撮られるのを回避できるのだ。

もうひとつ考えられる。

犯人は、たとえカメラに映っていたとしても、問題視されないような人物なのかもしれない。子ども、老婆、重い障害を負った人は、ほぼ警戒されない。警察も、明らかにそう見える人に関してはほとんど追及していないのではないか。

子どもや老人に変装するには、もともとの体型という条件がある。身長が一メートル八十もある男が老婆に変装するのは無理がある。犯人はすごく小柄な人物なのかもしれない。

ただ、起こした犯罪の暴力性を思うと、間違いなく力は持っている。

犯人が車椅子を使う障害者を装っている可能性はどうだろう。

これは難しい。これまでの被害者の部屋はいずれもエレベーターなどのないアパートの二階や三階だ。車椅子で部屋まで行くのは容易ではない。といって椅子を下の路上に置いて、身ひとつで階段を上がっていった場合、戻るときまでに人に目撃されるリスクが生じる。

路上に置かれた無人の車椅子に、普通に階段を下りて来た人間が乗り込めば、人の記憶に残りやすい。ましてやそこで殺人があったとなれば、警察に証言されるのは間違いないだろう。

そもそも普段、無人の車椅子を目撃することは珍しい。外で見る車椅子には大概人が座っている。そのための道具なのだから当たり前だ。つまり無人の車椅子は、見た人の記憶に残りやすいのだ。これほど万事に細心な注意を払っている犯人が考えないはずがない気がする。

犯人は、たんに犯罪者らしく見えないというだけじゃない。もっと決定的に犯人らしく見えない何かがあるのだ。

だから被害者たちも簡単にドアを開けてしまったのではないか。

乃井には、もう答えがすぐそばまで来ているような気がしてならなかった。だが、それはまだベールの向こう側にあるようで、どうしてもこれだというものにたどり着けない。

さらに考える。

被害者たちが犯人を部屋に入れてしまったことは、これまでも不思議に思って考えてきたものの、これといった答えが出ていない。これもまた、追及しがいのある問題だ。

見ための問題はべつとして、一体どんなふうにすれば、相手に警戒を抱かれずにドアを開けさせることができるだろうか。

宅配便はありふれている。むしろ宅配業者を装う犯罪者の増加や、宅配業者自身がストーカー化したというニュースなどにより、以前より警戒心は高まったといえるかもしれない。

自分だったらどうやって若い女性宅のドアを開けさせるか考えてみる。

隣の者ですが回覧板をお持ちしました。

隣の者ですが、預かり物があります。

いまは配達物を隣に持って行ったりしない。それと、この方法は被害者が隣の人間の顔を知らないという前提が必要だ。犯人が事前に知ることは難しい情報だろう。

同じアパートの者ですが、手紙が誤配されていたので持ってきました。

落ちていた封筒にお宅の住所が書かれていたので持ってきました。

初音がいったこういう理由なら、ほとんどの人間がドアを開けるだろう。

つまり、ドアを開けさせる方法は、頭を使えばいくらも見つかるということだ。

そして、ドアを開けるときにドアチェーンを使う人間はめったにいない。開けさせさえすれば、隙を見て油断している相手の頭を一撃するのはわけない。

ひとり暮らしの女性だからといって、室内に必ずひとりでいるとは限らない。だから犯人は、帰ってきた女性が暗い部屋に電気をつけるかどうか確認しているだろう。

犯行時間は午後八時から九時の間。八時過ぎくらいまでに帰宅しなければそのターゲットはあきらめる。それで知らずに助かっている女性もいるのではないか。

犯人は、ひとり暮らしの女性の部屋を、本人が帰宅してから訪れているから「襲撃型」に思えるのだが、事実としては「待ち伏せ型」を取っているのだ。

ターゲットの帰宅を待ち伏せるためには、外で見張っている必要がある。犯人は午後七時台、遅くとも七時半過ぎごろから路上かどこかでターゲットの帰宅を待っているはずなのだ。

もしかすると、近くにそれほど人目を引かずに待ち伏せできる場所があるのがターゲット選出の条件に入っているのかもしれない。

夜のパトロールも、ただ闇雲に歩き回るのではなく、そういった条件を頭に入れて歩くべきだろう。

3

初音は辺りをうかがいながらひとりで夜道を歩いていた。夜の住宅街。

あっという間に時間が過ぎ、前回の事件から五日目。次の事件が起きる可能性の高い日だ。

所々に制服警官の姿を見る。初音が女性のせいか、職質を受けることはない。中には気をつけてお帰りくださいと声をかけてくる警官もいる。犯人が女装した男である可能性だってあるかもしれないのに。

周囲に目を光らせつつ、初音は乃井から聞いた考えを頭の中で反芻していた。

おおむねいい線をいっていると思う。さすが乃井だ。特に、犯人が八時までに帰宅した女性だけをターゲットに選んでいるのはその通りだと思う。帰宅がずれ込んだ場合、その相手はターゲットから外しているのだ。だから犯行時間が一定なのである。

そういう点から考えても、犯人がターゲットの女性に対し、強い恨みなど持っていないことは確実だろう。一方的に恨みをエスカレートさせたストーカー殺人などとは真逆である。

犯行現場の再現性からも裏付けできる。乃井が栗松から聞いてきた現場の状況はおどろくほどそっくりで、被害者の打撃を受けた部位もほぼ同じだそうだ。これはつまり、ある特定のひとりを強く恨んでいたのではないことを意味している。

犯人は三人をほとんど同じように殺している。手技にブレがない。

家と家の間。植え込みや生垣、電信柱の脇。探偵が仕事でターゲットを見張るところを犯人も利用するはずだ。そういう場所があるたびに初音は鋭い視線を向けた。いまのところ不審人物は見かけない。

ひとり暮らしが多そうなアパート、マンションなどは特に要注意だ。初音はすれ違う人にも注意を怠らなかった。この時間に出歩いている人の中に必ず犯人がいるのだ。

通りかかったマンションのエントランスをのぞく。並んだ郵便受けが見える。ほとんどの郵便受けから白い物が突き出していた。配られたチラシだろう。いくつか欠けているのは、帰ってきた住人が抜いていったのだ。

配られたチラシで帰宅したかどうかがわかる。探偵はそれを知るためにわざと自作のチラシを配ったりもする。

カメラのない街路で集合住宅に出くわすたびに、初音はチェックを続けた。交差点にぶつかったり大きな通りに出ると、似たような裏通りを求めてそちらへ向かう。

二車線ある道路を、信号待ちをしてわたり、べつな区域に入った。

まだ七時台とはいえ、夜の暗さはできあがっていた。街灯のまばらな細道はかなり暗い。すれ違う人の顔はほとんど判別できない。人工的な明かりが提灯《ちょうちん》しかなかった江戸時代の夜なんてどうだったんだろうと想像する。月が出ていない晩、闇の深さは底知れないものだっただろう。

新たな道で、通りがかったマンションのエントランスをのぞく。やはり郵便受けに刺さったチラシが見える。丸められて筒状になった紙の先がまるで、きれいに同じ方向を向いた砲塔のように見える。まだ配って間もないのか、欠けたところがない。

初音は歩を進める。

一階と二階にそれぞれ四軒ずつ、八部屋のアパートの横を通る。郵便受けが一階の片隅にあり、強い風が吹けば、はみ出た紙など飛ばされてしまいそうだ。そこにもきちんと同じように筒状の紙が差し込まれている。

スマホを取り出してチェックした。乃井やゆかりからは何も来ていない。

先へ進む。

前から歩いて来る人がいた。男のシルエットだ。心の中で警戒レベルを上げつつすれ違う。勤め人風のスーツ姿の男は背中にリュックをしょっていた。まさか中身を見せろとはいえない。歩いている様子からして、それほど筋肉の発達したタイプではないが、わかるのはそれくらいだ。どんなに筋肉の発達していない人間でも、武器を使い、さらには相手の不意を突けば、充分殺人鬼になり得る。

初音の心中に、何やら点状の違和感が芽生えた。

まだ何かはわからない。

自分はつい今しがた、何かに対して少しだけぞっとした。そういう感じだ。

……何だろう。

考えても出てこない。仕方なく足を前に出し続ける。

次に出くわした集合住宅は比較的大きなマンションだった。五十部屋ほどありそうだ。エントランスに向かうにも五段ほど階段がある。初音はそれを上り、中が見える位置に立った。左わきに管理人室もあるが、夕方には帰るらしく小さな窓ガラスの内側でカーテンが閉じている。

管理人室と対面するように郵便受けが並んでいた。奥にエレベーターが見える。

郵便受けからはやはり配られたばかりの丸めたチラシが見えた。欠けているのは二か所だけだ。チラシ配りはそれこそ朝から晩までやる人がいる。だから警察が細かく調べれば、その住人が何時ごろ帰ってきたのか把握できるだろう。

踵《きびす》を返して階段を降り、路上に立つ。

そのとき、先ほどから感じている違和感が一層強まっているのがわかった。

何だ一体――。

立ち止まって考えようとすると、ベールの向こう側で手がかりの尻尾みたいなものが急速に遠のいていってしまう。

歩き出すと自然に足が早まった。焦りに近いものを感じている。何かしら、自分は大事なことに気づきつつある。そんな気がして仕方なかった。

もどかしい思いに駆られながら初音は走るように歩く。何だ。はっきりしろよ。どういうわけで自分は焦ってるんだよ。

目の前の路上を何かが横切り、びくりとなる。

——猫か。

歩く先に次の集合住宅が出てくる。真横まで来た初音はエントランスをのぞき見る。狭いエントランスの両側に郵便受けがあるタイプだ。まるで通せんぼでもするように、両側から筒状の紙が飛び出ている。欠けている部屋はない。

建物の脇を通り過ぎ、二、三歩進んだところで足が止まった。

異様な感じが胸元まで迫ってきている。

異様な、不気味な、自然じゃない感じ……。

それは、左右対称感。不気味なまでに完璧な左右対称感。

戻った初音はマンションのエントランスに入っていった。

それほど明るくない蛍光灯の光に照らされた一体型郵便ボックスの塊りが鈍く銀色に光っている。

真ん中に立って左右を見た。どのポストからも紙の筒が見えている。半分ちょっとが差し込まれているらしく、残りの部分が斜め上を向き、本当に何かを発射してきそうな感じに見える。

まったく同じ角度、まったく同じ飛び出し方。

中腰になって下の方も見る。一番下と一番上だと五十センチほど高さが違う。目を横に動かした。左右だと、端から端まで二メートルほどあり、そこに五個のボックスが収まっている。

それら全部に差し込まれた紙の筒の作る角度が完璧に同じだった。はみ出している長さも同様だ。まるで機械《ロボット》でも使って差し込まれたようにまったく同じに見えるのだった。

——さっきから自分をぞっとさせ続けてきたものはこれだ。

初音はスマホを取り出した。後ろに下がり、全体が映るように写真を撮る。撮った画像を確認すると、乃井とゆかりで作っているグループで見られるように投稿した。特にコメントはしない。

チラシなんてものは、わりといい加減に突っ込んでいくものだろう。それがこんな風に完全に同じ状態になるものだろうか。

毎日たくさん入れていると、無意識にやってもこれほど揃うようになるのか。

初音は手近な一枚を引き抜いた。いったん平らに伸ばしてから、丸めて同じように入れ直してみる。同じに見えるようにしようと思ったがやはり違う。丸まり方、飛び出す角度、止める位置、すべてが違ってしまう。両手を使って調整しても、なかなかまったく同じにはならない。しばらくいじってなんとか同じに見えるようにできた。

大量の物を毎日入れ続けていれば、ある程度は同じになるだろう。しかし、これほど揃えるのはどうか。一番上の段と一番下の段とでは結構高さが違うのだから、それだけでも違う入れ方にならないか。

これは明らかに、同じに見えるよう神経を使って入れているとしか思えない。

たかだかチラシにそんなことをする必要など皆無なのにもかかわらずだ。たとえどんなにきれいに入っていたとしても、誰もがそんなことは気にせず無造作に取っていく物でしかないだろう。狂気、とはいわないまでも、この入れ方へのこだわりはやはり少々異様だ。初音は自分が引っかかりを感じたのも無理ないことだと思う。

はっとなった。

ここもそうだが、この辺りのチラシはいずれもまだ配られたばかりだ。配布している人間はまだ近くにいるのではないか。

配り歩いている人間が、チラシを郵便受けに入れるところを見られるのではないか。

初音はエントランスから外に飛び出した。

今まで通ったところはすでに配られていた。だからこの方向でいい。

前を歩いている人の姿はない。暗い裏道はまだ先があるようだ。初音は小走りになった。

次に見つかったアパートの郵便受けにもチラシはすでに配られていた。向かいにある一軒家のポストにも配布されている。

――もしも一軒家ばかりの住宅地だったら、あの異様さに気づかなかっただろう。

初音は足を速めた。いざというときのために足音のしないスニーカーを履いている。

交差点、というより四辻といった方が似合う小さな四つ角を通り過ぎる。その先で見つけたマンションにはチラシが配られていなかった。こっちではない。

初音は四つ角まで引き返し、右方向へ行く。

最初に見つかったアパートで郵便受けから同じ角度で突き出ているチラシを見た初音はほっとした。この先だ。

こちらに向かって歩いて来る人がいたがチラシ配りではない。後ろからは自転車が走り過ぎたが、乗っているのは制服姿の女子高生だった。

ようやく次の集合住宅があった。五階建てマンションだ。階段を数段上がった先にエントランスがある。片側に並んだポストにチラシの先が並んでいる。一か所だけ、配られてから住人が帰宅したらしく欠けている。

同じ配り方だ。

初音は道に戻り、さらに先を目指した。

一軒置いてすぐのところに六棟のアパートがある。

その郵便受けにはチラシが一枚も入っていなかった。

おやっ、ここはまだ配られていない。配達人はどうしてしまったんだろう。

道に戻った初音は、先を見通した。誰の背中も見えない。歩いている人はいない。

引き返してみる。マンションの隣の一軒家の明かりは消えていた。かつて何かの商店だったのか、正面にシャッターがある家だ。シャッターは閉じている。もう長いこと開いていない感じだ。

中に人がいるのかどうか、まったくうかがい知れない。

配達人の家がここだということはあるだろうか。初音は考えた。そうだとすれば、隣のマンションがチラシ配布の終点だったとしても不思議ではない。配り終え、ここに帰宅したというだけのことだ。

しかしどうもそうではない気がする。たんなる勘に過ぎないかもしれないが、違う気がして仕方ない。そう思っても無理がないほど、シャッターが下りた家に人の気配が感じられなかった。

さらに引き返した。

最後にチラシが配られていたマンション。

ふたたび階段を上ってエントランスに入る。

ひとつだけチラシが抜けている部屋。三〇八号室。三〇九号室がないことからして角部屋らしい。

エントランスには誰もいない。チラシを配っていた人間が、このマンションのどこかで、各部屋へも何か配っているということはあるだろうか。あるいは何かしら物品を配っているとか。

――いや、それはないだろう。配るべき品があったなら、延々とチラシ配りをするより先にまずそれをすませるはずだ。

チラシ配りの人間は今どこにいるんだろう。近くであることは間違いない。

何をしているのか。

あの、不気味なほど均等な配り方をする頭脳と手先を持つ人間は、今どこで何をしているのだろう。

ヒントは……この、ひとつだけチラシがなくなっている部屋のような気がした。誰か住人が帰ってきたと思われる三〇八号室。郵便受けに記載された名前は押上。オシガミと読むのだろうか。

オートロックではないマンションで、一基だけのエレベーターがすぐ奥にある。初音は乗り込んで三階のボタンを押しかけたところで考え直し、エレベーターを降りた。

きっとチラシ配りの人間は、カメラのついているエレベーターではなく、階段を使ったような気がしたからだ。できれば相手の行動をなぞってみたい。

一階の廊下を階段まで歩き、上り始める。ほかに人の足音はしなかった。

素早く、だが静かに三階までたどり着くと三〇八号室を目指す。廊下に人の気配はない。

三〇八号室の前まで行ったらどうするのか。そこが当人の住宅かもしれない。インターフォンを押して、あのチラシの配り方に興味がわきまして、などというのも変だ。今夜のところは気配を探るのがせいぜいだろう。

三〇八号室の前まで来た。ドアの横に小さめの窓があるが、カーテンが閉め切られており明かりは見えない。ドアの外からでは中に人がいるかどうか一切わからなかった。

引き返すしかない。実際にチラシを配っているところを見るのはまたの機会だ。

初音は念のためという感じでポケットから薄い手袋を出してはめ、ドアノブを握ってみた。

——回る。

鍵がかかっていない。

つかんだドアノブを最後まで回した。そのまま、ゆっくりと引いてみる。

ドアはいったん、何かにつっかかったようになったが、すぐに動き始めた。

中は暗い。少なくともドアの外に洩れ出るような明かりはない。

慎重な動作で、初音はゆっくりと外開きのドアを開けていった。

全身を耳にして開いていく内側を探る。何も聞き取れない。

ほのかに匂いがする。化粧品の匂いだ。女の住居らしい。少なくともひとりは女が住んでいる。

手の平に汗がにじむ。向こう側から誰何されたら何と答えよう。黙ってドアを開けておいてセールスや勧誘は通用しない。いざとなったら、空き巣狙いのように黙って逃げ出すしかないかもしれないと覚悟する。

ドアチェーンは使用されていない。ドアが初音の顔の幅ほど開いた。

顔を差し入れて見る。暗い内部はほとんど新たな情報を与えてくれないが、少なくともすぐ近くに誰かがいることはないようだった。

スマホを取り出した初音は、それが発する光で中を照らした。上がり框《がまち》に何足か靴が見える。

革靴、ブーツ、スニーカー。すべて女性用の靴だった。よれたスニーカーだけが、ほかの靴との間に違和感を作っているように感じる。サイズも、特に横幅が大きいように見える。このスニーカーだけはもしかすると男物かもしれない。紐もマジックテープもチャックもなく、すぽっと履けるタイプだ。

上がり框から少し右にずれたところから廊下が始まっている。自分の後ろでドアをゆっくり閉め、スマホをしまった初音は目を凝らした。

奥の方にかすかな明かりが見える。廊下の奥にある部屋で明かりがついているらしい。

誰かいる。

しばらくその場に佇んで意識を奥に向けて集中した。

何も聞こえない。何かが動く気配もない。

奥に人がいるとして、その誰かは静かに眠っているのか。

ドアの鍵を閉め忘れたまま、女性が眠っているとしたら、不用心というものだ。

最悪、出くわしたときに使える理由になるかもしれない。ドアが開いてましたので不用心かと思いまして――そんなことをいったとしても、侵入者が男だったら悲鳴を上げられるかもしれない。女だとしても、どうして呼びかけもせずに黙ってここまで入ってきたのかと思われるに違いない。

もう後へは引けなかった。明かりのついた部屋の中を確認せずに引き返すことはできない。出たとこ勝負だ。すぐに帰れば警察を呼ばれたりはしないだろう。いや呼ばれてもかまわない。

途中のドアが四分の一ほど開いており、洗面所とバスルームがあるのが見えた。そのすぐ隣にトイレらしきドアがある。どちらも明かりもついておらず、中に人がいる気配はなかった。

廊下の突き当りに閉じたドアがある。初音はゆっくりとそこまで進んだ。

近づくにつれ、これといった新たな兆候はつかめないものの、中に絶対誰かいるという確信が強まる。

ドアにはL字型をしたドアノブがついている。探偵の仕事として他人の家に無断侵入したことはあるが、人が在宅している場合はもちろん避ける。手袋をしているにもかかわらず指先が氷の様に冷たく感じられた。三本の指先でつまむようにドアノブをつかむ。

音がしないよう、少しだけ引く力を加えながらドアノブを下に回し始める。

ドアノブは無音のままスムーズに動いた。ドアを開けるのに充分という位置まで回していく。

回したドアノブを、位置を動かさないようにしながら五本指でつかみなおす。

ドアは、つっかかることもなく内側に開いていった。

内側の明かりが廊下に扇形に漏れ出る。最初に目に入ったのは、ごちゃごちゃと台の上に載った小物類だった。ネイルや香水などの小瓶が載った台が目の前にあるのだ。台は作り付けらしく、壁と一体化しているように見える。

左側にリビングらしい空間が広がっていた。人の姿は見えない。初音は若干首を前に出すようにしながらざっと見分した。

典型的な女性の部屋だ。テーブルにもふたり掛けのソファの上にもいろいろな洋服が積み重なっている。床にエコバッグが置いてあり、買ってきたばかりらしい食品のパッケージがのぞいていた。やはり帰ってきたばかりだ。

本人はどこにいるのだろう。

すみません、と声をかける自分を想像する。そうして、何かしら侵入の言い訳をして帰ってくるのだ。そういう展開だ。

室内に一歩踏み出した。何かを察知した体が自然にうしろへ下がろうとした。

そのとき、左の側頭部に何かがぶつかってきた。

4

右腕の痛みで目を覚ました。体の下で痺れている。右腕を体の下にして、床で横向きになっているのだ。明かりはあった。初音はあおむけになろうとした。ごろりと体が回転したが、両腕の自由が利かない。両手が後ろに回ったまま、動かすことができないのだ。

一瞬遅れて、左側頭部に痛みが襲ってきた。

あおむけになり、体の下になった両腕をもう一度動かそうとした。だめだ。手首の辺りを縛られてひとつに結わえられているのだ。

口が開かない。上からテープが貼られているらしい。鼻でゆっくり息を吸い、深呼吸する。胸の内側にもひび割れたような痛みが走ったが、そっちはたいしたことなかった。側頭部の痛みはじんじんと続いている。

状況を思い出した。自分は側頭部を殴られ、気を失ったのだ。

どれくらい気を失っていたのだろう。両手を縛られていては時間を見ることもできない。ただ、そんなに長い時間ではないはずだと思う。せいぜい五分くらいではないだろうか。

上を向いたまま辺りを見回す。先ほどの室内だ。壁に掛け時計があった。八時七分。やはりそれほど時間はたっていない。

恐怖より興味が先に立った。

自分は誰かに頭を殴られ、後ろ手に縛られて床に横たわっている。両足も足首のところで縛られている。それをやった人間はいまどこにいるのか。いまだ視界には入ってこないが、ここにいないはずはないと思う。

縛られたままで移動できるのか。

初音はそろそろと上体を起こしていった。体に力を入れると、殴られた側頭部が脈打つように痛む。上体を完全に起こすと、縛られた両足に力を込めて立ち上がろうとした。少しだけ立ち上がったとき、両手がガツッと後ろに引っ張られ、尻から床に落ちた。

縛られた腕が後ろのどこかに結わえつけられている。

考えてみれば当然だろう。後ろ手に縛っただけでは逃げられる可能性がある。

首を回して後ろを見ようとした。自分が縛り付けられているのはテーブルの脚らしいとわかった。触ることもできる。手袋を通してだが、木製のテーブルだとわかった。それほど大きな物ではない。上に物が載っているにしても、いざとなったらテーブルごとひっくり返すこともできるかもしれない。

「あんたは、この女の友達かい」

突然ざらざらした声が聞こえ、初音はぎくりとなった。奥の部屋からだ。

姿は現わさない。

「いまごろ訪ねてくるなんてね。あんな嫌な女にも、遊びにくる友達がいたとはね」

誰かが室内を移動するのが伝わってくる。足音はほとんどしない。空気の揺らぎ。微かだが嫌な臭い。

奥の部屋の戸口のところに誰かが立った。

先に声を聞いていたせいか、初音の中にそれほどおどろいていない自分がいた。

現れた人物は両手にゴム製らしき白手袋をはめている。頭にも何かかぶっている。食品工場で作業する人が髪の毛を覆うように被っているキャップのような物で、縁のゴムバンドが顔にぴったり貼りついている。鼻と口はマスクに隠されていた。

右手に何やら細長い袋状の物を提げている。

「騒ぐんじゃない。こっちにはやることがあるんだ。足で床を蹴って下に知らせようなんてするなら、先にそうできないようにしなきゃならない」

声の出せない初音はうなずいて見せるよりほかなかった。

「はじめて人に見られたな。もうお終《しま》いか」

妙なことをいうと思った。初音も殺してしまうつもりなら、誰にも見られていないのと一緒だ。連続で犯罪を犯す人間の中には、誰かに止めてもらいたがっている者がいると聞いたことがある。そうだとすれば自分にも生きのびるチャンスがあるのではないか。

口を塞がれていてはどうしようもないが。

ここの住人の女性はどうなったのか。まだ生きているのだろうか。

こいつは出会い頭にここの住人の女性を昏倒させたはずだ。自分が現われるまでにも時間がたっている。頭を何発も殴り、最後に紐で首を絞める。それなりに時間がかかるはずだ。生きている可能性は五分五分か。

キャップをかぶった人物が奥の部屋に戻っていった。

下の階に知らせるため床を蹴るなど初音は考えてもいなかった。そんなことをしても、自分の死期を早めるだけのことだ。たとえ下の住人が在宅していたとしても、その程度のことですぐに警察を呼んだりはしないものだ。

そのとき、奥の部屋から「ふざけるな」という小さな声とともに何かを叩く鈍い音が聞こえて来た。
あいつが被害者を殴っている。まだ被害者は生きているのだ。
血圧が上がったのか、初音の側頭部の痛みがひどくなってきた。心臓の拍動に合わせるように
ズキンズキンと痛みが襲ってくる。まるで自分が連続的に殴りつけられているようだ。
立ち上がる勢いでテーブルをひっくり返すことを考えてみる。ひっくり返せばテーブルの脚に
結わえつけられた両腕を引き抜くことができるかもしれない。そのまま逃げ出せる可能性はある
だろうか。
……無理だ。両足を縛られていては到底追いつかれずにはすまない。
逃げられる可能性があるとしたら、こうしてあいつが奥の部屋にいる間に何とかして手足を
縛っている紐をほどくことだ。
ふたたび何かを叩く音がした。ぶつぶつしゃべる声もしたが、小さくて何をいっているのかま
では聞き取れない。相手の女性の声もしない。もしかすると自分と同じように口を塞がれている
のかもしれない。
後ろの両手を動かそうともがいてみる。きっちり何重にも結わえられているらしく、まるでび
くともしない。指先はかろうじて動かせるものの、それだけだ。もがくだけでは到底、紐はほど
けそうにない。
そうだ。来ているブルゾンの内ポケットに、ごく小さな折り畳みナイフが入っているはずだ。

刃の長さは二センチちょっとしかない。職質で警察に見つけられても咎められない程度の物。実際に使ったことはないが、紐くらい充分に切れるはずだ。

入れておいてよかったとほっとしたものの、すぐさまそれを取り出す困難さに思い当たる。今の体勢ではとても無理な相談だ。

——そうだ。何とか体を逆さまにして、ポケットのナイフを落とす。それを指先で拾えばいい。そうすれば何とか……。

初音は体を回転させ、まずはうつ伏せになった。幸いにも、テーブルの脚と両手がつながれた紐にはそれくらいの余裕があった。

なるべく音を立てずにやる必要がある。

徐々にお尻を持ち上げ、頭を下に上半身が坂になるようにする。大して角度はつけられなかったが、一応上下逆向きの体勢が作れた。体を揺すり始める。内ポケットの中の物を外に落とすにはそうするよりほかにない。

……おかしい。何の手ごたえも感じられない。内ポケット辺りで物が揺れる感じすら伝わってこない。

入れてなかったか。

……いや、ずっと入っていたはずだ。出したおぼえはない。

どうしてだろう。全身を揺すりながら初音は考えた。答えを求めるように周囲に視線をはわせる。

——あっ。


壁際に見おぼえのある模様があった。畳まれたハンカチ。あれは自分の物だ。

ハンカチは少し床から盛り上がっていた。その下にスマホの角も見える。

——ポケットの中身が全部抜き取られている。

考えてみれば当たり前だ。人を拘束する側からすれば、持ち物を取り上げておくに決まっている。

またしても小さくしゃべる声と打撃音。初音は冷静に頭を切り替えた。

ハンカチがある場所までは二メートルある。そちらへ向かって足を伸ばしたところで届かないのは明白だ。テーブルごと引きずっていくことができるかどうかわからないが、そんなことをすれば大きな音がする。すぐに気づかれてしまうだろう。

初音は体を横向きに戻した。

犯人の格好が浮かぶ。キャップで頭を覆っているのは、現場に自分の髪の毛を落とさないためだろう。用意周到な奴だ。

ともかく何とかして逃げ出さなければ。できなければ命が終わる。

どうするべきか冷静になって考えろ。現実的な作戦を考え出すんだ。

手足の紐をほどく。この体勢のまま逃げ出しても勝ち目はない。手足さえ自由にできれば、たとえ相手が武器を持っていても抵抗できる。初音にはその自信があった。

紐をほどくか切るか。その方法を見つけることに集中しよう。

もがいても紐は少しも緩まないのは相変わらずだ。

何か道具が必要だ。

部屋の床を見回す。届く範囲に使える物はないか。

角にフローリングの床を掃除するモップが立てかけてある。ゴミを貼り付けるシートを取り換えて使うやつだ。初音も使っている。あれは役に立たない。武器にするにも中途半端だ。軽すぎるし柄が長すぎる。

緑色をしたプラスチックの屑籠がある。あの中に何かあるだろうか。常識的に考えれば、屑籠に刃物として使えるような物は捨てない。ひっくり返したところでまず無駄だろう。

壁際にサイドボードがあり、上に雑多な品物が載っているのが見える。初音は体を起こし、首を伸ばして観察した。写真入りの額、花瓶に入った造花、しゃれた形の置時計――見分けがついたのはそれくらいだ。どれも脱出用には役にたたない物ばかり。造花じゃハサミも使わない。

刃物は無理としても、室内にありそうなもので、ほかにどんな物なら役立つだろう。奥の部屋にいるあいつはかなり抜け目がなさそうだが、完璧というわけじゃないはずだ。何か見落としがありはしないか。

爪切り、爪ヤスリはどうか。紐を切るのは無理そうだ。

ペーパーナイフは。これも名前のとおり紙くらいしか切れない。ただ、見つかれば武器にはなる道具だ。

せめてここがキッチンなら、金属製の刃物のほかにも、ヤスリの代わりに使えそうなおろし器とかラップの箱についているギザギザの部分なんかがあっただろう。リビングルームではどうしようもない気がした。

あとは文房具類。カッターナイフとかどこかにないだろうか。

女性のひとり暮らし。リビングのテーブルの上には、もしかしたらそういう物が置いてあるかもしれない。

自分が紐でつながれているのがまさにテーブルの足だ。初音は両膝を床につけると、上体を持ち上げていった。紐が短いため立ち上がれないのはわかっている。

両目がテーブルの上に出た。上に載っている物を見る。テーブルクロスは敷かれていない。代わりにランチョンマットが四枚敷かれていた。空になった皿、ノートに本、ここにも化粧品の壜がある。プラスチックの皿にイヤリングなどが載っている。

床につけている膝が早くも痛くなってきた。膝から下を縛られているため位置をずらす余裕はない。

文房具はないか。

あった。ペン立てだ。缶の形のペン立てにボールペンなどが一杯に差してある。

残念なことにハサミの柄は見えなかった。それでも何か役立つ物が入っているかもしれない。しかし、後ろ手に縛られた状態で、あれを取ることができるだろうか。

無理だと即座に思う。もちろん手は使えない。この場で肘をついて倒立し、縛られた足を伸ばして缶を取る——だめだ。逆立ちするには、尻の後ろで縛られた手を、頭の後ろまで持ってこなければならない。ボルダリングやパルクールをやっている初音は、体の柔軟性には自信があったが、それでどうにかできることではない。両肩の関節を外さなければ無理だ。

やはりもっとも現実的なのは、手首を結わえつけている紐を、テーブルの脚の下から抜くことだ。先ほど立ち上がろうとしたとき、結び目が少しだけ動いた気がする。

またしても打撃音が聞こえたが、それにかまってはいられなかった。

テーブルの脚は特に変わった形はしておらずストレートだ。

初音はまず、両腕に力を込めて、結び目を一番下まで下げようとしてみた。きつく結ばれている結び目は最初のうち、まるでびくともしなかった。

腰を浮かせ、結び目に体重をかける。少しだけ動いた気がした。よし、何とかなるかもしれない。

体重をかけて結び目を押し下げる。繰り返すうち、明らかに結び目の位置が下がるのがわかった。テーブルの脚がストレートなため、下がっても少しも緩みはしなかったが、少しでも進歩があればモチベーションになる。

奥の部屋から、ちっという舌打ちの音が聞こえてきて初音は動きを止めた。じっとしていたがそれっきり何も起きない。ほとんど音は立てていないはずだ。こっちのやっていることを察知したのではない。初音は作業を再開させた。

（今知られたら終わりだよ）ゆかりならそう書きそうだ。初音は、ゆかりが思ったことをノートに書いていることはとっくに知っている。ノートをのぞき見したこともある。

自分のこともたくさん書かれていた。乃井が倫理観ゼロで初音が倫理観マイナスと書かれていたのには笑った。

（それは逆だよゆかり）

もしもまた出会って話す機会があったら、今やっていることを詳しく話してやろう。

もしも、帰ることができたら。

生きのびられたら。

初音は結び目を押し下げる作業に集中した。

力を込めると側頭部の痛みがぶり返してくる。だが休んではいられない。

少しずつ、少しずつ、結び目の位置が下がる。深く呼吸をしながら両手に力を入れる。

とうとう床につくところまできた。

よし、これで何とかなりそうだ、という思いと、いや、まだまだこれじゃ少しもチャンスじゃないという思いが交錯する。

自分の感想などどうでもいい。とにかく続けることだ。

ここからは難儀だ。テーブルを持ち上げながら結び目を押し下げ、その下をくぐらせなければならない。

まずは持ち上げて見よう。初音は右肩をテーブルの縁の下に入れた。持ち上げようとしてみる。はじめのうち、まったく動きそうにない気がした。テーブル自体はそれほどゴツい物ではないが、上に載っているたくさんの物がある。だから一気に持ち上げるわけにはいかない。急に角度が変われば、大きな音を立てて物が転がり落ちるだろう。

力を加減しながら全身で押し上げると、ようやく浮き上がる感じが伝わってきた。

いったん力を抜く。今度は、テーブルを持ち上げつつ、結び目を押し下げなければならない。体と腕で、真逆の方向に力を加えなければならないのだ。

ひとつ深呼吸をして間を取ると、初音は取りかかった。

肩にずしりと重みがかかる。膝がふたたび悲鳴を上げ始めた。同時に両手を思い切り押し下げる。結び目がテーブルの脚から下に外れる感覚が伝わってきた。そのまま手前に持ってこようとすると、脚と床の間に挟まってしまう。もっと持ち上げなければ。

痛む膝を鞭打つような気持ちでテーブルを持ち上げる。するとようやく結び目が自由になった。やった。

と、そのときテーブルの上で何かがコトリと倒れるような音がした。慌てて力を抜いてテーブルを床に下ろし、縛り付けられたままのもとの体勢に戻った。

案の定、奥の部屋から足音が聞こえ、戸口にあいつの姿が立った。

「静かにしてろ。早死にしたいのか」そういいながら初音の顔を見つめてくる。

手に紐を持っているのを見て初音はぞっとした。すると相手の口の縁が少しだけゆがんだ。嗤《わら》ったのかもしれない。

「ふん」

鼻を鳴らすと、そいつは奥の部屋に戻った。ああ、もうこの部屋の住人は殺されてしまう。なのに自分には何もできない。

テーブルから結び目が外れたとはいえ、まだ後ろ手に縛られたままだ。両足も自由にならない。何とかして紐を切らなければ。

縛られた両足を、初音はいったん床で伸ばした。それからふたたび縮め、ゆっくりゆっくり立ち上がった。もう見られるわけにはいかない。後ろを向き、テーブルの上をあらためて見渡す。

刃物は……ない。ナイフもカッターナイフも見当たらない。ペン立てには文字通りペンしか差さっていない。

しかし、そのペン立ての後ろにちらりと見えた物があった。

小型のセロテープ。ちゃんと、ギザギザの切り取り部分もついている。

これだ！　これしかない。

もどかしい足取りでテーブルを回りこもうとした。両足を縛られていてはどうしてもケンケンで進むしかない。音を立てたらお終いだ。ほんの少しずつ、横にずれるような進み方をする。

だがそれでも、脇に回ったせいで届きそうな位置まで来ることができた。

いまあいつに来られたら、あっというまに殺されてしまうだろう。あの紐が自分の首に巻き付くさまが浮かぶ。この体勢ではそれにあらがうこともできない。

体を傾け、後ろに回された両手の人差し指で、挟むようにセロテープを持つ。

落とさないようにしっかり保持したことを確認すると、ふたたび床を移動してもとの位置まで戻る。もとの位置まで来ると、ゆっくりと腰を下ろし、見えない状態のセロテープを指先で回して、ギザギザの刃の部分を逆手に持ち直す。

一番近くの紐に刃が当たるよう、位置を調整する。

刃が紐に当たる感覚があった。

こすり始めるとガリガリした感触が両手に伝わってくる。少しでも強く押し付けると引っかかって止まってしまう。いったん引いてふたたび始める。

初音はひたすら紐の切断に精を出した。

意識の中に誰かの顔が浮かんでくる。女性の顔だ。

母親ではない。

乃井の顔だった。

今までの人生で唯一、自分が助けを求めた人――。

乃井探偵事務所に勤め出し、高校を中退した初音に、乃井は各種の格闘技を身につけるようすすめてきた。あなたには素質がある。それでこの事務所に貢献して欲しいといって。

ボクシング、空手に始まり、柔術の寝技、キック――いずれも道場やジムではなく、個人教授に通わされた。教えてくれる人の多くは老境に入った人たちだったが、教えは厳しいものだった。試合などに出ることはなく段も取らず、一定のレベルに到達したと太鼓判を押されてから次の競技に移る。

格闘技と並行して水泳やボルダリングも習った。最近始めたパルクールは、裏の大会だけは出場してもいいことになった。ただし優勝はだめ。有名になることは目的のうちに入っていない。張り込みや尾行を行う探偵業にとって逆効果だから。

柔術の師範から教わったいくつかの技は、今は使われていない危険なものだった。かつて日本の柔道にはそうした技がいくつもあったのだが、オリンピック競技として認められるために禁止されたという。自分が投げられながら相手の肩関節を外してしまうような技。それらも初音は身につけた。

探偵の技法そのものは乃井に教わった。ターゲットの相手に気づかれずに撮影や録音する方法、徒歩や車の尾行の方法など。

普通の探偵社でも仕事の大半は浮気調査だ。女性専用を謳《うた》った乃井探偵事務所では特にそれが多かった。格闘技を使う必要はほぼなかったといっていい。

外で使ったのは公安刑事の畝原を締めあげたときくらいだ。

ずっとつけ回してくる刑事。

毎日、というわけでもないし、乃井か初音のどちらかをつけるという感じで、それほどタイトな監視ではなかった。だがとにかく、その監視は続いているのだ。

ある晩、事務所からの帰りに畝原が自分をつけていることを知った初音は、誰もいない細い路地で待ち伏せし、現れた畝原を捕まえた。

後ろから左手で相手の首を壁に押しつけ、右手で素早く股間を握った。

ボルダリング上級者になっていた初音の握力は七十キロ近くある。つかんだ右手で締めあげながら畝原に訊いた。

「どうしてうちらふたりをつけ回すのさ」

押さえている畝原の体が細かく震えているのが手に伝わってくる。

「いわないの？　自分の体よりも仕事の命令の方が大事？」

「ううっ。いっ痛い」

「答えなきゃさらにきつくなるよ。どうなんだい」

「は、放してください」

初音は何もいわずに力を加える。畝原が小さく悲鳴を発した。体の震えが大きくなっていった。

「わ、わかりました。いいます。いいますから放して――」

初音は少しだけ力を緩めた。

「あなた方ふたりが、公安の捜査対象になっているんです」絞り出すようにいう。

「そんなことはわかってる。理由は」

「あの、あの家に出入りしたからです」

「渕村千穂の家かい」

震えながら畝原がうなずく。

「渕村千穂は何者なんだい」

「そ、それは……うっ」

「いっちまいなよ。大丈夫だよ。あたしに話したってどこにも広まりゃしない」

「マークしていたのは夫の方です。渕村浩一《こういち》」

「ふうん。そいつは何者なんだい」

「正体はいまだ不明な部分があります。複数の国の人間にさまざまな情報を売ったことがわかっています」

意外な答えが返ってきた。それなら公安の外事課がつけ狙うのはもっともだ。

ただ、どんな情報をどこに売ったのかなど初音には興味がなかった。

「日本人なの？」

「ええ、おそらくは。ただ、渕村浩一というのが本名なのかどうかも判然としていません。途中で別人が入れ替わった可能性もあります。本人が死んでしまったため確認しようがないんです」

「渕村千穂とは正式な夫婦なの？」

「いいえ。名義上はそうなっていますが、おそらく偽装です」

「じゃあ渕村千穂ってのも本名じゃないの？」

「ええ。違います。妻と娘も名前通りの人間じゃありません。以前はべつな妻子にそう名乗らせていました」

……バカな。なんてこった。

それじゃ渕村千穂が自分の母親であるはずがない。ＤＮＡ鑑定で自分と親子認定されるはずないじゃないか。

ショックで力が緩んだせいか、畝原の震えが収まった。

「乃井さんとあなたはどうしてあの家を訪ねたんですか」逆に質問してきた。

「そんなことはどうでもいいんだよ。もうとっくに終わったことだし。それより、その以前の妻子っていうのは今どうしてる。どこにいるんだよ」

「わかりません。いや、うっ、ちょっと、本当ですよ」

初音が力を込めたせいで畝原が泣きそうになる。

「いまの妻子と入れ替わったあと、姿が見えなくなってしまったんです。おそらく処分されたんじゃなかろうかと」

――処分された。それはつまり……。

「もう生きてないってこと？」

「おそらく」

何てことだろう。もうこの世にはいないなんて。

本当の親を見つけるというわずかな希望が完全に打ち砕かれた気がした。

畝原が言葉を継ぐ。

「あの後、渕村家の三人も完全に姿を消してしまいました」

それは初音も知っている。あの部屋に入ったときの衝撃。三人がテーブルに突っ伏して死んでいた光景は忘れられるものではない。

「あんたは三人の死体とかを見たの？」

「死体は見ていません。我々が知っているのは、夜中に工作員かあるいはマフィアのメンバーかと思われる者らが数名現れて、人間大の包みを三つ、運び去ったというだけです。その後、室内を調べましたが、誰もいませんでした。以降、あの部屋にやってきた人間はいません。

「子どもも工作員だったっていうの？」

「それはないと思います。父親の隠れ蓑《みの》としてのカモフラージュ要員でしょう」

「なぜ三人とも処分しちゃうのよ」

「ある程度のことを見聞きしている可能性があったからでしょう。そういう場合、徹底したことをする人間たちがいます」

「所長とあたしが関係者だと本気で疑ってるの？」

「個人的にはそれはないと思っています。ですが、あのタイミングであそこに現れたわけですからうちとしてはマークを外すことはできません。

あのときどうしてあそこにいたか乃井さんは教えてくれませんし」

畝原が答えを教えてくれるのかといいたげに初音の顔を見る。

「あれはね、そんなこととは全然関係ない用事で行ったのよ。渕村浩一のことなんかまるで知らなかった」

畝原はさらに詳細を話して欲しそうだったが、初音はそれ以上いうつもりはなかった。代わりに質問する。

「あたしたちのことも調べ上げたんだろ」

「ええ」

「あそこに住んでいた人たちとの接点なんて出てこなかっただろ」

畝原がうなずく。渕村千穂と自分の関係など、どんな資料に当たったって見つけられっこない。そんなことが書かれている文書など存在しないからだ。

「ほかにあの件について知ってることは？」

「ありません。ひとつ訊いていいですか」

「何よ」

「あなたと乃井さんはあの家の住人と会ったことがあるんですか」

「ないわよ」

視線を動かさず何の動きもせずにいう。嘘をつくときの鉄則だ。畝原の方から目をそらした。自分たちが入ったことを知っているのだ。どこかにカメラくらい設置してあったのだろう。しかし死体も何も見つかっていない。そういう意味では失踪しただけで事件は起こっていないのだ。

公安の立場からすれば自分たちをマークするのは無理ないことだろう。

そしていったんマークしたら、そのターゲットが死ぬまで追い続ける。何十年も前に事件を起こした日本赤軍のメンバーの実家がいつまでも見張られているのと一緒だ。今でもそこに出入りした人間は全員写真を撮られ身元確認されるのだろう。

初音は手を放した。畝原がしかめっ面をしながら体を伸ばす。

そのとき、ある疑問が初音の頭を突き上げてきた。はっとなって畝原を見る。畝原は警戒するように一歩下がった。

さすがにこのごろはときどき姿を見せるくらいになっているが、最初のころはもっとタイトに自分たちに引っ付いていた。行く先々でつけられていたものだ。

こいつらは情報を得るためにやれることは何でもやる。それ自体が犯罪に当たることだろうと関係ないのだ。国家を守るためという、ほかのすべてをねじ伏せる大義名分がある。

だから公安は、乃井に届いた手紙などを郵便受けから回収し、勝手に開封して読んでいた可能性が高い。開けた封筒を元通りに戻すのなど朝飯前だ。たとえ書留だったとしても、警察権力をかざして郵便局から届いたことを連絡させ、見ることができただろう。

「ちょっと、まだ聞きたいことがある」

初音が手を伸ばすと畝原の顔が引きつり、後ろへ下がる。ただ、股間をあれほど締めあげられた直後に走るのは無理だろう。本人もそれに気づいたらしく、「何ですか。もう全部話しましたよ」と情けない声でいい返してきた。

「素直に答えるならもうつかまない。いいわね。

あんたたちは、うちの所長に届いたＤＮＡ鑑定結果を見てるわね」

畝原の顔がいまにも左右に振られそうになる。初音は一歩近づいた。右手を畝原の股間に伸ばす。もう少しというところで畝原がいった。

「うっ、はい。知っています」

「どんな内容だったの?」

畝原が、それをあなたが自分に訊くのか、という顔をした。かまわず初音は質問を繰り返した。

「どんな結果だった？」

「もう細かくはおぼえていません。たしか、いくつかの検体の一致、不一致を綴ったものだったと思いますが」

「それで？　知ってることを全部いいなよ」

「そういわれても――人の名前なんかはなくて、検体Aとか Bとか書かれただけでしたし」

「だから、その中に一致はあったの？」

記憶をたぐるように畝原の眉間に皺が寄る。

あの渕村千穂は自分の母親ではないらしい。本物はとっくに消されてしまったという話だ。だから今自分がしている質問はまるっきりナンセンスなのかもしれない。理由はわからないが初音の中の何かが問いたださずにはいられなかった。

後になって思うと、自分の中でずっと感じていたものの正体が知りたかったのだろう。抱えてきた漠然とした思いが、畝原にそんな質問をさせたのだという気がする。

乃井が自分に何かを隠しているという思い――。

何なのかはわからない。乃井に直接訊くことはできなかった。今初音が畝原に発した問いは、間違いなくそこに向かうものだ。確信があった。

「えええっと――ええ、たしかありましたよ。二組。どれかとどれかの親子関係が九十九点何パーセントっていうのが」

二組——そのうちの一組は殺されていた母親と娘のものだろう。もう一組は？　娘と父親も実の親子なのか。母娘は途中でべつな人間に入れ替わったということだったが。

あのとき乃井は、初音に先に出て行くようにいった。自分は殺された三人のＤＮＡの検体を採取してから出てきたのだ。その結果、初音と渕村千穂は親子ではなかったと告げた。

それは本当だろう。渕村千穂は本名ではないのだから。あの幾野産婦人科で初音と同じ時期に赤ん坊を生んだ女性ではなかったのである。

父親と娘も実の親子関係だったとすると、父親だった男は、妻子を別人に交換したとき、新たに呼び寄せた子も自分の子どもだったということになる。つまり父親はふたりの女に子どもを産ませていたわけだ。あり得ないことではない。

途中、何らかの必要が生じて、工作員だった男は妻子を別人と入れ替えた。二度目の妻子はおそらく、それまでほかの場所でべつな名前で暮らしていたのだろう。これはつまり、妻子の方もある程度裏の事情に通じていたことになる。

処分されるとなった場合、男もろとも一緒にやられる可能性が高かったわけだ。

あのとき男の手のそばに拳銃があった。普通に見れば、男が妻子を撃ち殺し、その後で自分を撃ったと思えるが、それは見せかけで、三人とも同じ人間に撃たれたのかもしれない。真相はもはやわかりようがない。

乃井だけが、提出したサンプルが誰から取った物なのか知っている。

いま初音が考えたことを裏付けできるのは乃井だけなのだ。

しかしなぜか初音は、あの事件について乃井と話したことはなかった。

どういうわけか、あの事件に関連することを乃井に問いただすことができなかった。何かが自分を躊躇させる。

何かが……それは一体何だろう。

初音が今後も生きていくためには絶対に知っておかねばならない何か。

第五章　持ち札《ふだ》の開示

1

「初音と連絡が取れません」

ゆかりから電話を受けた乃井は自分も連絡を取ろうとしてみた。駄目だ。スマホの電源が切られているらしい。

最後に初音が自分とゆかりに送って来たメールに、どこかわからない集合住宅の郵便受けが映っている。位置情報はつけられてない。

午後八時を過ぎている。犯人が守ってきた犯行時刻。

もうやられている？　あの初音が？　まさか、そんなことはあり得ない。あっちゃいけない。

もしもそんなことがあったら、この仕事に引き入れた自分は――

生きていけない。

乃井はすぐさま初音の家に飛んで行った。

警察に連絡を取り、タクシーを呼んで初音の家に向かう。大家にも連絡する。現れた警察官を伴い、初音の部屋の鍵を開けてもらう。

――いなかった。室内はがらんとしており帰ってきた様子はない。

取り合えず死体と遭遇なんてことにはならずにすんだ。ほっとしたものの不安は消えない。犯人はいつも、相手の自宅を犯行現場にしてきた。では初音の場合は、犯人が部屋に来たわけではないのか。ならばなぜ連絡がつかない。

「ああ、いなかったんだ――」

遅れて着いたゆかりが心底ほっとした声を出し、力が抜けたように床に座り込んだ。

警察官と管理人はすぐに帰って行った。外の路上に乃井とゆかりのふたりだけ。

「初音、今日も帰りにパトロールしたんだろうね」

乃井はいった。ゆかりがうなずく。

「ええ。このところ毎日やってましたから」

「この郵便受けのある建物に入ったんじゃない?」乃井はスマホの画面を見せた。

「そうかもしれません」

「あの娘は勘が鋭い。犯行現場に行き当たったのかも」

「そうですよきっと。この郵便受けがある場所なんですよ。そうじゃなきゃ連絡が取れなくなるはずないですもん」

あらためて郵便受けの画像を見つめる。どこの物かさっぱりわからない。斜めに映っているせいで郵便受けに書かれた氏名などは読み取れない。

初音は何を教えようとしてこの郵便受けの画像を送って来たのだろう。

くっ、何てことだ。毎日、今日はどの辺を廻るかいわせるようにしておけばよかった。位置が把握できないのは所長である自分のミスだ。大きなミス。

もしかするとすでに……いや、そのことは考えない。何とかして、いや何としてでも居場所を見つけ出すのだ。

――といってもどこを捜せばいいのか。市内であることはわかっても、それ以上絞り込みようがない。

……いや、待てよ。

「ゆかり、初音はこれまで廻ったところを報告してきたわよね」

「ええ。ごく大雑把ですけど」

「今日行ったのはそれ以外の場所よ」

わからないことには変わりないが、範囲が少しでも狭められればそれだけ無駄が減る。

ゆかりが早速、自分のスマホで市内の地図を出す。

「えーと昨日はたしか、須賀一丁目と二丁目辺りを歩いたっていってました。一昨日はその隣の南須賀だったと思います」

昨日と一昨日に行った辺りに囲みマークをつける。それからすると今日行きそうなのは――。

「須賀三丁目からこっちね」

地図上で囲まれた範囲の北側を示す。

「よし、行って一緒に捜しましょう」

「所長、私なら平気です。二手に分かれた方が捜す範囲も倍になりますし」

「でも――」

「犯人はこれまで、一度にひとりずつしか襲っていません。それも現場は全部被害者の室内です。路上で襲われることはありませんよ」

初音はきっと、現場を見つけて中に踏み込んじゃったんじゃないでしょうか」

「そうね」怪しい場所を見つけたら、あの娘ならいかにもやりそうだ。いや、きっとやる。

「だから二手に分かれても大丈夫だと思うんです。何かあったらすぐに連絡します」

「わかったわ。三丁目に着いたらそこで二手に分かれましょう」

乃井はタクシーを呼んだ。歩いても行けない距離ではないが時間が大事だ。

やってきたタクシーにゆかりと乗り込むと須賀三丁目を告げる。

五分もかからずに三丁目に着くと交差点で下車する。

「じゃあ私はこっち、あなたはあっち側をお願いね」

「はい、わかりました」

「何でもいいから気づいたことがあったら電話するのよ」

うなずくゆかりと別れ、探索を開始した。


初音はせっせと自分の手首に巻き付いている紐を切っていた。

手ごたえはある。それにそんなに太い紐ではない。登山用のナイロンロープなどだったら大変なところだったが、ごく普通の紐だ。

奥の室内で誰かが動く気配がした。こちらに向かってくる足音。

あいつが姿を見せた。

「終わったよ。次はおまえをどうするかだ」

声に聞きおぼえがあるような気がした。

体型もだ。自分はこいつに会ったことがある。それも比較的最近だ。

「何か希望はあるかい」

初音の思念を断ち切るようにいう。

「とうとう目撃者が出ちまった。どうするかね。今後生きていくならおまえも殺すしかないのはわかるだろ」

口を塞がれている初音は何もいい返せない。両目で相手を見るだけだった。視線が合うと、犯人の顔が一瞬、はっとなった。しかしすぐさまもとに戻る。

「おまえに恨みはない。だから聞かせてやってもいいよ。どうしてこいつらを殺したか。知りたいかい」

初音は大きくうなずいた。まだだ。まだ紐は切れない。正面から見えないよう、音が聞こえないよう、手の動きを最小限にしかできない。何とか時間を稼がなくては。

「あいつらはな、エラそうだったのさ。だからやってやったのさ」

犯人が話し始める。

「ふん、やることがトロいだの、もういいだの、ほかの人に代われだのって。こっちをバカにしやがって」言葉尻から憎しみが立ちのぼる。

「こっちはね、新しいもんには疎いんだ。すぐに対応できないいんだよ。特に、変な機械に対してはね。それをあいつら……。

だから成敗してやったのさ。自分のバカみたいに偉そうな態度がどれほどムカついたか教えながらね」

犯人の視線が初音から外れ、斜め上を向いた。

「だいたい昔は全部現金だけだったんだ。世の中、なんもかんも複雑にしすぎなんだよ！」

……わかった。初音は頭をガーンと殴られたような衝撃を受けた。あの配達員。乃井探偵事務所にもデリバリーで来た〈ルルカポン〉という洋風総菜屋の中年女性配達員だ。太った体といい、間違いない。あのときは何気なく見ただけだったが、どうりでかすかながら見おぼえがあったわけだ。

それでも納得がいかないような何かが頭の中をよぎったが、そんなことを追求している場合ではなかった。

「あのときの娘たちと一緒だ。あの顔、あの目つき、こっちを思い切り見下した態度――」

口調が熱を帯びてきた。

「そうともさ。一緒だったんだよ。ああいう若い女はみんな一緒なんだ。誰だおまえって目つきをしてさ。二度と来るななんていってさ」

しゃべりながら目が潤んでいる。その目を見るうち、初音の内側に異様なものがせりあがってくる。

何のことを話しているのかまるでわからない。なのに初音の心に重くのしかかってくるものがある。

「あたしが何のために生きてきたと思ってるんだ。そのために歯を食いしばって必死にやってきたんじゃないか。それを……あいつら」

しかめ面をすると、顔の左側に引きつれのようなものが浮かび上がる。その部分だけ皺が寄らない。まるでそこだけ、赤らんだべつな生き物が貼りついているみたいだ。

「――何度も訪ねたら、しまいには熱湯をかけられたんだよ。あたしの顔がこんなになったのはそのときからさ。虫けらを退治するみたいに追い払ったんだ。ゆるせるかい？　あんた」

痛い！　テープを切るギザギザが手首に当たった。思わず顔がゆがむ。

「ほう、あんた、わかるってのかい。まあ、あいつらよりちっとはましかな。あたしだってね、今でも中には気立てのいい子がいることくらい知ってるよ。

ゆるせないのは人を見ためで判断して見下す奴らさ。だからあたしはそいつらに仕返ししてるんだよ」

にやりと笑って歯を見せる。前歯の何本かが欠けていた。

「携帯のカード端末機ってのは反応が異様に鈍いときがある。なかなかつながらなくなるときがあるんだよ。こういう古臭い建物の中だと余計にね。それをあいつら、このあたしがトロいせいにして――」

ふたたび怒りが顔を支配する。引きつれの部分をのぞく顔面に皺が走る。

「あんなやつら、この世にいない方がいいね。だから成敗してやった。せいせいしたよ」

夜の配達がてらチラシ配りを兼ねている中年女性配達人。これなら警察だって警戒しない。まさに盲点だ。たとえ誰何したところであっさり解放しただろうし、防犯カメラに映っていたところでたんなる通行人ですましてしまっていただろう。ああ、この人なら自分が職質しました。デリバリーの店員です。

「悪かったね。あんたはこの部屋の娘の友達かい？」

中年女が訊いてくる。初音は首を横に振った。

「違うのかい。じゃあ恨みを抱くことはないね。

そうなると何者なのか聞きたいところだけど、口を開けさせたら叫ぶだろうからいいよ」

叫んだりしないというつもりで初音は再度首を振ったが無視される。

「これだけの人数殺したんだ。捕まれば確実に死刑だよ。わかってるさ。そんなことはもうどうだっていいんだ。この先生きていたっていいことなんかひとつもないからね。

ちょっと待ってな。少しして息を吹き返したのがいたんでね。確実に息の根が止まったかどうか見てくるよ」

奥の部屋に入っていった。

初音は紐を切る動作に拍車をかけた。


はあはあ口で息をしながら乃井は須賀三丁目の道を走り回っていた。

集合住宅に出くわすたびに郵便受けをのぞいてみる。一致するものは見つからない。外に出ると、街路に初音が倒れているとは思えないのに、道の隅々まで目を凝らしながら走る。

こんな捜し方じゃ見つからない。見つかりっこない。

一刻の猶予もないのに。

どうすればいいんだろう。

ああ初音、あなたは一体どうやって犯人のところまでたどり着いたの？　教えて。もっとヒントをちょうだい。

頭の中で呼びかけていれば本人から返事があるかのように、乃井は初音に話しかけていた。時折スマホを出して見る。別々に捜しているゆかりからの連絡もない。音が出るようにしておいたので連絡が来ればすぐにわかるのだが、見ないと気がすまなかった。

初音――。

路上で犯人に会ったわけではないだろう。あの郵便受けなのだ。一体あれから何を感じ取ったのか。

前方から通行人が現れた。鞄を提げたふたり組の男性だ。乃井は駆け寄った。相手が警戒するように立ち止まる。

「すみません。あのう、ひとりで歩いている女性を見かけなかったでしょうか。上下黒の服で、下はジーンズ姿の」

「はあっ？――いえ、見ていませんせん」

勢いに気圧されたように、ふたりの男性は引き気味になりながら答えた。乃井は頭を下げて先へ進む。

初音はこの仕事を成功させたら自分に訊きたいことがあるといった。あなた、それを訊かずに終わってしまっていいの？　そんなわけないでしょ。だったら生きなさい。絶対に死んだりするんじゃないわよ。

無事だったらたとえ仕事がだめになっても何でも答えてあげるから――。

訊きたいのはあの事件のことでしょう。渕村千穂の家でのこと。

いいわ。むしろよくこれまで訊いてこなかったと思っているんだから。

それで私に恨みを抱き、黙っていた私のもとを去っていくことになっても仕方ない。

あなたが死んでしまうよりずっとましだもの。

走り続けた乃井は息を切らし、立ち止まって両膝に手をついた。

――だめだ。わからない。犯人を見つけられるようなヒントなんてどこにも転がってない。何も頭に浮かんでこない。

刑事たちだって毎日歩き回っているんだ。それなのに犯人を見つけちゃったなんて、あなたはやっぱり天才よ。

――お願い。無事で戻ってきて。

思えば、初音が所員になってから、ほぼ毎週四日か五日は顔を合わせてきた。自分も初音もまず病気をしない。だから三日と空けずにあの娘の顔を見てきたのだ。

もしも初音を失ったら……その喪失感は想像を絶した。空虚な穴が自分をすっぽり呑み込んでしまう予感がする。もう何もする気が起きないだろう。

ああ、どうしてどこにも見つからないの。どこへ行ってしまったのよ。

スマホの振動に気づく。取り出して画面を見た。ゆかりからだ。

（黒い恰好の若い女の人を見たって人がいました。初音っぽいです）

町内の地図と赤い丸が示される。乃井はわかったと返事をして走り出した。


中年女が初音の前に戻ってきた。

「さて、もう帰らないとね。可哀そうだが、あんたの方から首を突っ込んできたんだ。こっちとしちゃ同情は禁物さ」

奥の部屋に行き、ショルダーバッグを持ってきた。中から丸い物を取り出す。

それは毛糸の塊りに見えた。

「この中に小石が詰まってるのさ。あんたにも使わせてもらった。ブラックジャックって武器を知ってるかい。あれからヒントを得たんだよ。いい武器さ。警官にバッグの中を見られても平気だからね」

いいながら女が初音に一歩近づく。

痛い！　手首に激痛が走る。同時に両手が動いた。紐が切れたのだ。大きく動かさないようにしながら紐の残りを手首からはずす。

「あんたの顔、どっかで見た気がするね。あんたもお客だったたか。

綺麗な顔をしてるね。これまで殺してきた中でも一番美人だよ」

もう一歩近づいてくる。

両手はもう完全に自由になった。足はまだ縛られている。だから走ったりはできない。

初音は相手との距離を目算していた。自分が前に動ける距離と腕の長さの合計――。

一発目でしくじったらほぼアウトだ。あの武器をまた頭に叩きつけられる。

――そして今度は命まで取られる。

女の近づく足が止まっている。初音の顔をじっと見つめている。この距離ではまだだめだ。不太った体だが、動きを見れば相手がいざというときかなり素早く動けることはわかっている。不自由な体で中途半端に動き出せば、簡単によけられてしまうだろう。一気に思い切りいかなければならない。

両手で殴りつけた方が重さは上だが狙いをつけられるのが一点だけに絞られてしまうし相手にも来ることが予想されやすい。ここはやはりワンハンドで顎の先端を狙う。その方が動きも自由だし少しくらい相手が引いても当てられる自信がある。レブロン・ジェームスだっていっていたではないか。最初にできるようになったのはワンハンドダンクだったと。パワーより確実さ。K1の大振りなパンチより総合格闘技のノーモーションパンチだ。

初音は相手に気配を気取られないよう、肩や体幹の力を抜いた。最初の一撃、最初の一発。冗談でも大袈裟でもなくそれで運命が決まる。

「あんた――」

ふっと殺気が抜けた顔を相手が突き出してくる。ラッキー。いまだ。

初音の右の拳がいきなり背後から飛び出し、相手の顎をとらえた。腰の回転は不十分だが、上半身を伸ばしたため完全にヒットした。

相手の太い体が後ろにひっくり返る。間髪を入れず初音は縛られた両足で床を蹴った。倒れた女の体の上にのしかかり、さらに相手の顎を狙う。倒したら続けざまに顎にハンマーストンピング。ノックアウトの王道だ。

女もぼうっとなったに違いないが、ほとんど本能的な動きで首を大きく振る。そのため初音の拳はヒットしなかった。すぐに振りかぶって第二弾を見舞おうとする。

「チキショウ、この野郎！」

野太い声で叫びながら女が初音の体を跳ね飛ばそうとする。つかんでいた毛糸の塊りで殴りつけてくるのを肘で防ぐ。凄い力だ。痺れるような衝撃が腕の付け根までずしりと来る。体重はおそらく相手の方が二十キロほども重いだろう。パワーではどうしても劣る。

「どけってんだよ！」

太い腕で初音の胸を突く。いまにも跳ね飛ばされそうになるのを必死で堪《た》える。足が縛られた状態で跳ね飛ばされ、距離を取られるのは圧倒的に不利だ。体を密着させた状態で戦わなければ。

もしも両足が自由なら相手の体を足で挟み込んで動きを封じるところだがそれができない。闇雲に突き出された手が初音の髪をつかんだ。頭に激痛が走る。横に引き倒そうとする力に抵抗するうち、ぶつぶつっという音と共に髪が引き抜かれる。

痛さはすごいが表面的なものだ。初音は曲げた両肘を相手の顔面に打ち付けた。

「グオーッ」

野獣のような叫びをあげ、下の女がまた手を伸ばしてくる。初音はそれを受け止めると手首を反対に曲げようとした。女がつけていたゴム手袋が縦に裂ける。

「殺す。殺してやる！」

指を伸ばしたもう片方の手で初音の目を狙ってくる。いつのまに放したのか武器はもう手にしていない。初音はそちらも受けとめ、伸びた中指を思い切り反対に曲げてやった。爪が引っかかり、また手袋が裂ける。

間髪を入れず初音は組んだ両手を相手の顔に向けて振り下ろした。腹筋を一杯につかった一撃だ。

「げっ」

両手は顔の中心にヒットした。ちらりと赤いものが見えたかと思うとたちまち鼻血が溢れ出す。もう一度振り下ろす。今度は相手が顔を動かしたため頬骨に当たる。怒りに満ちていた女の目にちらりと恐怖が浮かぶのを初音は見逃さなかった。突き上げてくる腕を肘でブロックしながらパンチを浴びせる。威力より確実さを主眼にしたパンチだ。いくつかが相手の顔面をとらえ、血が飛び散った。大きく口を開けてあえいでいる。激しい鼻血によってちゃんと呼吸できなくなったのだ。

相手の攻撃力が明らかに鈍っていった。小さなパンチをいくつか浴びせると、初音は決定打を食らわせようと両腕を大きく上に振りかぶった。女が両手で自分の顔を覆う。破れた手袋の残骸が手首にかろうじて巻き付いていた。

初音の動きが止まった。両手を振り下ろすのをやめ、相手の両手首を握った。そのまましばらくじっとしていた。力を入れて両手を顔から引きはがす。顔の真ん中から下が血まみれだった。初音の視線が下に動く。二重顎《あご》の下に、埋もれた紐状の物が見えた。それをつかんで引き出す。

突然女が唸り声を上げ、初音を下から突き上げた。意表を突かれた初音の体が後ろへ吹き飛ぶ。テーブルの脚に頭を打ち付け、しかしそのために完全に倒れるのは免《まぬが》れた。

初音を跳ね飛ばした女が左右の床を見渡す。あの毛糸の武器を捜しているようだ。そこに隙ができた。両足を縮め、立ち上がる勢いと前に向かう力を合わせて、初音は相手の顔に頭突きを見舞った。ゴツンという手ごたえを感じる。響きを立ててふたりは再び床に倒れ込んだ。初音は顔を上げる。頭突きはまたしても相手の鼻を襲ったらしかった。悲惨な顔つきになった女は両目を閉じていた。

「やれ、殺せ。もう負けたよ」

押しつぶしたような声でいう。ようやく開いた目から涙があふれ出る。とめどなく出る鼻血を抑えるように女が両手で鼻を抑えた。

「もう終わった。逮捕や裁判なんかいやだよ。ここで殺しておくれ」

指の間から漏れ出る声は完全に泣き声になっている。

初音は警戒しつつも体を後ろへ引いた。自分の口を覆うテープをはがし、足首の紐をほどきにかかる。相手が少しでも動けば反応できるよう、女の方に目を光らせていた。

紐をほどき終わるまで、女は起き上がってこなかった。本当にあきらめたのか。両手に加えて足まで自由になった初音に勝てる気が起きないのかもしれない。

足首の、紐が食い込んでいた部分がひりひりした。二度、曲げ伸ばししてから立ち上がる。

「たしかにもう終わりだろうね。自分の血をこれだけ撒き散らしちゃ、指紋を残さなかった意味もなくなる。警察にはあんたのファイルがばっちりできあがるよ」

中年女は両手で顔を覆っている。その手を見つめながら初音は続けた。

「だからもう家に引っ込んでおとなしくすごすことだ。これ以上こんなことをやっちゃいけない」

女の手が下がり、両目がのぞく。その目に疑いの色が浮かんでいる。

(なにいってるの初音。

倫理観マイナス×百だよ。

だいたいうちの収入はどうなるのよ。ゼロよ)

ゆかりの声が初音の頭の中で踊る。乃井の目が見つめてくる。

――たしかにあたしは探偵社の一員だけど、それ以前にひとりの人間だ。

「行きな」

初音がそういうと女の手がさらに下がり、まるっきり信じられないという顔がのぞく。

「早く行けったら！」

初音が叫ぶと女がびくりとする。のろのろとした動作で体を起こし、床に手をついて立ち上がった。びくついた目で初音を見る。初音は行けというふうに手を振った。

女が、毛糸でくるんだ武器を拾った。だがもう体から力が抜けている。左右を見回し、自分のショルダーバッグを見つけるとそれに武器を入れた。まるっきり信じられないという表情を顔に張り付けたまま、廊下へ向かう。

縛られてたんだけど隙を見て何とか自分で紐を切った。戦っているうちに相手に逃げられた。足の紐をほどいたのはそのあとのことだ。これで通用するだろう。

ドアを開け締めする音がした。女が出て行った。

部屋のすみに置かれていた自分のハンカチとスマホを回収する。スマホは壊されておらず、電源が入った。

死体がある奥の部屋をのぞく気は起きなかった。

床に、紐のついた物が落ちている。初音は拾った。さっきまであの女が首にかけていた物だ。紐がちぎれている。初音は布製のそれを拾い、中に指を差し入れた。

指先に小さな紙状の物が触る。そっと引き出した。写真だ。

初音は床を蹴った。

あんなことをいっといて、結局まだ未練があるんじゃないか！

玄関で靴を引っ掛けて外に出る。耳をすませると、下の方で靴音がした。

階段のところまで走る。普通に降りたのでは追いつかない。

ディセント——高所から低所への高速移動。初音はコンクリートを蹴った。

靴は普通のスニーカーでパルクール用の物ではない。どれくらい滑りやすいかもわからない。

けれど一番重要なのは道具ではない。接地面の状態でもない。強気を通すことこそ肝心なのだ。

全速力で下り始める。速度が上がると階段の上面ではなく側面を蹴った。迫ってきた踊り場の壁を蹴って体を反転させる。続く十段ほどを二歩で下り切る。

あと一階分になったところで外に飛び出し、四メートルほどを飛び降りた。

女の背中があった。五メートルほど前だ。体が反応し、痙攣したようになる。

振り向いた女に持ってきたお守りを放る。それは女の胸に当たって下に落ちた。女は拾い上げ、不思議そうな顔で初音を見る。顔の下半分はまだ血で真っ赤だ。

「ほら、忘れ物だよ」

初音は踵を返し、部屋に戻っていった。ここで見つかっては逃亡幇助になってしまう。下手をすれば共謀罪だ。

須賀三丁目の街中で乃井はゆかりに出会った。顔見知りの刑事と一緒にいる。

「この道で初音っぽい子を見たって人がいたんですって」

何の変哲もない住宅地だ。見た限りでは事務所とか工場のような、人を監禁できる建物はなさそうだ。

やはり初音は『現場』に踏み込んでしまったのか。

「どっちを捜しましょうか」ゆかりがいう。

――わからない。道の左右を見渡したが、乃井の頭には何も浮かんでこなかった。

ああ、やっぱり自分には初音のような勘はないんだわ。

こうしている間にも初音は生命の危機を迎えているかもしれないのだ。何もしないではいられない。でも何をすればいいのか。焦燥感と無力感が重くのしかかる。

そのとき、道の角からひとりの人物が現れた。曲がり際に顔を上げてこちらをちらりとうかがうような動作を見せる。それから明らかに進む方角を変えて道を横切って行こうとした。

乃井はゆかりと刑事を見た。ふたりともうなずく。三人は走り出した。

道を横切って行った人物は、陰が濃くて顔までは見えなかったが小太りの女性らしかった。三人は駆け足でその後ろに迫る。

「ちょっと待ってください」

刑事が声をかけた。

女性がぎくりとした感じで歩みを止める。

「あのう、お聞きしたいことがあるんです」刑事が重ねていった。

小太りの女性が振り返った。

「あのう、ここら辺で、若い女性を――あっ！」

振り返った女性の顔が街灯に照らされた。真っ赤に汚れた顔。鼻が潰れたようになっており、そこから出た鼻血が顔の下半分を覆っている。

「あなた、どういう……うわっ」

女が持っていたバッグから何かを取り出した。暗くてよくわからない。それを右手に持って刑事に向かって突進してきた。

「グォーッ！」獣のような雄たけびを上げる。

「ああ、おい、やめろ。止まりなさい。さもないと――」

後ろに下がりながら刑事が拳銃を抜く。それでも女の突進は止まなかった。あまりに急な展開に乃井もゆかりも動けない。

バツッ、バツッという低い破裂音が窓の外から聞こえてきて、初音は室内ではっとなった。考えもせずに部屋を飛び出し、階段を駆け下りる。今度はパルクールの技は使わなかった。足首にガタがきている。今すぐ二度目は危険すぎる。

外の道に出て、音がしたと思われる方向に走り出した。

曲がり角の向こうから人の気配が伝わってきた。初音は壁にぴたりと体を寄せ、そっと片目でそちらをうかがった。

立っている三人と倒れているひとり。

ゆかりと乃井、もうひとりは刑事らしい。刑事は電話に夢中だった。乃井とゆかりは倒れている人間に見入っていた。

初音は下がった。充分に聴こえないと思われる場所まで下がると、スマホを取り出す。乃井とゆかりからのライン、メッセージ、電話が山のように来ている。

乃井のスマホにかける。

「――は、初音なの。大丈夫なのあんた！」

ひっくり返ったような乃井の声が聞こえてくる。

「大丈夫。悪かった。いま犯人の名前をいうよ。梅石正代。早く依頼人に伝えな」

「あなたどうして、えっ、それ間違いないの？」

「いいから早くしなよ。警察が発表するのより早ければいいんだろ」

それだけいって通話を切る。すぐにスマホが振動したが応えなかった。

初音はとぼとぼと道を引き返していった。自分はあの部屋で倒れていた方がいいのだ。

目の前の乾いたアスファルトに何かが落ちる。

はっとなった初音は自分の両目に手をやった。

涙がとめどなく流れ出ている。顎の先を伝い、下に落ちていく。


あたしには殺せなかった。殺せるはずがないよ。

……さようなら。黒爪の正代おばちゃん。


昔は痩せていた。顔も綺麗だった。声も濁っていなかった。すべてがあんまり変わっていてとてもわからなかった。けれどもあの爪は見間違えようがない。手袋が引き裂けたせいで、顔の前に手が出されたときにはっきり見えた。

それにあのお守り――。

入っていたのは幼いふたりの女の子の写真だ。見おぼえがある。おばちゃんが肌身離さず持っていた物だ。その娘たちと暮らすことが夢だと何度も語っていた。

――娘たちと一緒だ。えらそうに。

何年も苦労し、とうとう成人した娘たちに会いに行ったのだろう。幼いころ別れた娘たちの側からすると、母親に捨てられたという意識があったのではないか。よくある話だ。もうとっくに断ち切ったと思っていた母親が追いすがってきて、鬱陶しく思ったに違いない。

——最後には熱湯をかけて追い払われたんだよ。

これはいくらなんでもひどい仕打ちだ。娘たちの置かれていた生育状況が関係しているのだろうか。

いずれにせよ。生きる意欲として持ち続けていた熱情が完全な空回りに終わったとき、モンスターが生み出されてしまった。惣菜デリバリーの仕事に就き、自分に横柄な態度を取る若い娘と対峙したとき、それがトリガーになったのだ。

横柄な態度をとったことで殺された娘たち。とんでもない行為だ。殺された娘たちはまるで浮かばれない。遺族の怒りはいかほどだろう。

……だがそれでも、それでもどうしても自分には殺せなかった。通報もできなかった。死んでしまったらしいとわかってやっと乃井に教えることができただけだ。

自分があのおばちゃんから受けた恩恵はそれほどのものだ。ほとんど命を救ってもらったといっても大袈裟じゃない。あのころの自分は間違いなく死んでしまいたいと思うところまで追い詰められていたのだから。

さようなら。正代おばちゃん。

初音はもう一度、頭の中で別れの言葉を送った。

あたしのことを思い出してはくれなかったみたいだけど、いいよ、それで。

初音はとぼとぼと階段を上った。あの部屋に戻り、囚《とら》われていたリビングルームの床に横たわる。

天井を見つめる。涙がとめどなく頬を伝った。

2

発見された初音は、本人が大丈夫だといい張っても無理やり入院させられた。

被疑者である中年女性は一日後に死んだ。刑事の撃った弾が肺を貫いていたのだ。これで事件の動機などの詳細を突き止めるのは極めて困難となった。

病室で、初音も刑事から繰り返し聴取を受けた。ポストへのチラシの入れ方を見て不審に思ったというと、どの刑事も目を見張った。

犯人死亡の報はマスコミをにぎわせた。宅配デリバリーの配達員。梅石正代の名は一躍有名になった。

縛られていた紐を切ることができたので反撃し、犯人が逃げて行った。足を縛られていた自分はその後を追うことはできず、ぐったりしていたという初音の説明に疑問を持たれることもなく、むしろよく無事だったですねとねぎらわれた。

胃腸にはまったく異常を感じなかったのだが初日の病院食は半分液体みたいなペースト食だった。二日目からおかゆになり、三日目からは普通食に切り替わった。毎日血液検査を受けた。

じりじりして体を動かしたくてたまらなかったが初音は医師の助言どおり大半の時間をベッドで過ごした。ずいぶんと筋肉は落ちてしまったことだろう。最初から鍛え直さないとパルクールの大会への出場などできそうにない。

初音は待っていた。最初の二日間は警察以外面会謝絶だったのだ。

三日目の午後、面会時間が訪れると乃井とゆかりがやって来た。

「元気そうじゃん」

ゆかりはいった。ベッドの上で初音がニコリとする。

(うわーっ。この可愛い顔で武器を持った殺人犯と素手で格闘して追っ払うんだもんな)

「ひとり部屋なんだ」

「違うよ。ふたり部屋だけど隣が空いてるだけ」

たしかに初音のベッドが置かれているのは部屋の中央ではなく窓側寄りだった。廊下側にもう一台分のスペースがある。

「警察の尋問つらかった？　泣いたりしなかった？」

「アホ。こっちは完全に被害者だぜ。尋問じゃねえよ」

(うむ。これだけ口の悪さが戻っていれば完全復活といってよし)

乃井はゆかりの横で黙ったまま初音の顔を見つめている。初音もときどきちらりとそちらを見ている。

「座んなよ」

初音がベッドわきにある丸椅子を差し、ふたりはそれに座った。初音と乃井の感じがぎこちない。そこでゆかりはいった。

「所長があんなに取り乱してるの初めて見たんだから。あんたが見つからなくてもうほとんど泣いてたのよ」

「泣いてない」

否定しながらも乃井がにやりとなる。初音も笑顔になった。

「それにしても初音——」

「ちょっと待って」

ゆかりが話し出すのを制した乃井が、持ってきたハンドバッグから小さな機械を取り出した。

「病室にも仕掛けますかね」ゆかりは尋ねる。乃井が取り出したのは盗聴器を発見する機械だ。FMも短波も、発信機が近くにあれば見つけ出せる。

「刑事にまぎれて公安が入り込んでたらやりかねないでしょ」

乃井が機械を手に立ち上がり、室内を廻った。

「どうやら大丈夫なようね」

椅子に戻って来た乃井がいった。

「話してちょうだい。どうやって犯人の名前を聞き出したの」

（そう。それ知りたい。状況からして犯人が自分からすすんで名前を教えてくれたとは思えない。結局取り逃がしたとはいえ、この娘、一体どんな拷問を――）

ゆかりは鼻血まみれだった犯人の顔を思い出していた。

――警察より先に犯人を突き止め、その名前を知らせる。お陰で仕事は成立し、久能純子は三百万を払った。初音は事務所を救った立役者だ。

「聞き出してなんかないよ」初音がぽつりと答える。

「どういうこと」乃井が訊く。

（そうよ。どういうこと？）

「あの惣菜屋の配達員がうちに来たときには全然気づかなかった。すごく太ってたし、顔も声もまるで変わってたから。

でも、あれは自分の古い知り合いだったんだ」

（そんな……マジそれ？）

ゆかりはおどろいた。乃井も目を見張っている。

「話したことあるだろ。あたしが小学生のころ、近所に何かと助けてくれたおばちゃんがいたって」

初音の視線が下を向く。乃井が訊いた。

「まさか……その人だったっていうの？」

初音がうなずいた。

「絶対確実なの？」ゆかりは重ねて訊かずにいられなかった。

「ああ。その人の左手の親指の爪には、黒くて太い縦筋が入ってたんだ。間違えようがない」

「それで、向こうはあんたに気づいたの？」

乃井が尋ねると初音がうつむいたまま首を振る。ゆかりは、こんなに悲しそうな初音を見るのは初めてだった。

「どうしてあんなことを繰り返したの」

ゆかりは疑問を口にせずにはいられなかった。そんな、幼い初音を助けてくれたような人が連続殺人犯だったなんて。ギャップが大きすぎて頭がついていかない。

「おばちゃんにはふたりの娘がいて、会うのを楽しみにしてた。いつだかわからないけど、その娘たちに会って、ひどい扱いを受けたんだ。娘たちからすると、自分たちが棄てられたと思っていたんだな。誰かにそう思わされていたのかもしれない。おばちゃんは追い払われ、ついには熱湯をかけられたといってた」

「ひどい」

「――それでおばちゃんは、若くて偉そうな態度の女に対する憎しみをつのらせていったんだと思う」

初音が遠くを見るような目をした。おそらく、入院している間にいろいろと考えたのだろう。そういう目をしたまま話を続けた。

「長年の願望が無残に打ち砕かれたせいで、おばちゃんは精神がゆがんでしまった。すべての恨みつらみがそこへ向かって集中しちまったんじゃないかな。配達員として行った部屋で、自分を馬鹿にした態度をとった娘のうち、部屋の近辺に防犯カメラがないところを選んで、溢れかえった復讐心を満たしていたんだよ。あたしが捕まった部屋でも『こいつ、偉そうなことをいいやがって』なんていいながら何度も相手を殴りつけてたよ」

そんな動機など、ほかの人間に見つけられるわけがない。殺された女たちも、どうして自分がそこまで恨まれたのか、最後までわからなかったのではないか。ゆかりは思った。

「そんなことで何人も殺すなんて」

「完全に頭がおかしくなっちまってたんだな」

それにしても、どうりで犯人の名前がわかったわけだ。初音でなかったら、警察より早く犯人を突き止めて久能純子に知らせるという今度の仕事は不可能だった。

「わかったわ。それで逃がしたのね」

（えっ、まさか。所長、何をいうんですか）

乃井がいい放った言葉にゆかりは唖然となった。逃がした？　初音は、警察より早く名前を知らせてきたじゃないですか。

「何とかして腕を縛っていた紐を振りほどいたあなたは相手と格闘した。普通の人間なら、腕だけじゃそれほど戦えないだろうけどあなたは違う。相手を完璧にやっつけた。その後、助けてくれたおばちゃんだとわかった。それで逃がすことにしたんでしょ」

終わりの方は笑みを浮かべていっている。初音もニヤリとしながらうなずいた。

（殺人犯を逃がしたら逃亡幇助じゃ……）いや、これは書けない。たとえ個人的なノートでも書き残しちゃいけない内容だ。だいたい、知ってしまって黙っていたら自分も同罪になりかねないじゃない。

（さすが倫理観ゼロとマイナスのコンビ）所長じゃなければこんな裏を突き止められる人なんかいないだろう。刑事じゃ無理だ。このふたりといると、朱に交わって自分も赤くなりそう。いやもうなってるのか。

たとえ恩人だったとしても、殺人罪を見逃してしまうことになる。それにもしも今のが本当なら、初音は当初、犯人の名前をこちらに明かすつもりはなかったってことになるんじゃないだろうか。それは連続殺人犯をふたたび野放しにすることになるのに。

「犯人が射殺されたと思ったから名前を教えたの？」

ゆかりが訊くと初音があっさりうなずく。

「あの時点で死んだかどうかははっきりしなかったけど、ああなったらもう身柄は警察のものになるだろ。これでもうヤクザの手にわたってなぶり殺しにされるリスクは消えたと思ったよ」

それほどまでに、初音が感じている恩が大きく深いものだったということなのか。

倫理観や法律や常識より受けた恩の方が大切――まるでふた昔も前の仁侠映画の世界だ。

まさにアンチヒーロー、いやアンチヒロイン。

それにしても乃井も太っ腹というか、初音が当初犯人の名を明かすつもりがなかったと知っても平然と笑みを浮かべている。

（わかっちゃいたけどやっぱり普通じゃないわこのふたり）

「ゆかり、あたしが犯人を逃して殺人を続けさせるつもりだったと思ってるなら違うよ。こっちに顔も見られたんだし、もうやらないよ。それに助けるのは一度だけだ。それで恩返しは終わり。二度目はない。そういうつもりでいたさ」

「……わかったわ」

（世間一般とは違う、初音の考え方、初音の常識）

「依頼人はすんなり納得したの？」逆に初音が乃井に尋ねる。

「ええ。その辺はさすがね。教えて一時間後には振り込まれてたわ」

（ここにも仁義を守る女がいた）

「なるほどね。あの人本当に、夫にいわれて来たんじゃなく、自分の意志で依頼してきたんだね」

しかしもはや、せっかく知った犯人に対して何もできなくなってしまった。ヤクザだったら、死んでから教えてても仕方ねえだろとねじ込んできても不思議ではない。その可能性はゼロになったわけではないが、たぶんないだろうという気がする。

久能純子は今、何を考えているのだろう。ゆかりは、彼女が最初に事務所に現れたときの凛とした立ち姿を思い出していた。

その後、酔った醜態を見せもしたが。

ふと気づくと乃井と初音が互いの顔をじっと見つめている。

……何だろう。この張りつめた感じ。いまにも何かが始まりそう。

乃井が初音を見たままいった。

「ゆかり、悪いけど外してくれる?」

「はい」

初音はたしか、今度の仕事が終わったら訊きたいことがあると乃井にいっていた。これからふたりの間で何か決定的なことが話し合われるのだ。ゆかりも興味がないはずはないが、自分がいてはいけないことはわかっている。初音のプライベートに関することだ。ずっとこのふたりと一緒に仕事をしてきた。だから乃井と初音の間に何かがあることは感づいていた。

ゆかりは立ち上がると、病室の外に出てドアを閉めた。

3

「聞きたいのは、あんたがあたしに黙っていたこと全部だ」

「わかってるわ」

乃井はもう心を決めていた。初音は仕事を成功裡に終わらせたのだ。自分も約束を守らなければならない。

「その前に訊くけど、もしも犯人が撃たれずに逃走してしまい、二度と殺人を犯さなかったとしたら、あなたは名前を明かさずに終わらせるつもりだったの？　これから話すことを聞かずにすませるつもりだったの？」

「あの人には命を救ってもらった。命の借りより重いもんなんてないだろ」

初音は当たり前のようにいう。

「わかったわ」目の前にいるのは自分の知っている初音だ。大好きな初音。

乃井は過去に記憶を巡らせた。あの日、最後に渕村千穂の家に忍び込み、三人の死体を見つけたときへ。

乃井は話し始めた。

初音を外に出て行かせたあと、乃井がやることはひとつだけだった。目の前で死んでいる三つの体からＤＮＡ検査用の検体を採取することだ。父親と母親と娘。そのときにはあんな結果が待っているなど想像も及ばなかった。

持ってきた小さなハサミで三人の髪を切り、それぞれべつなビニール袋に入れる。ビニール袋にはあらかじめ記号を付けておいた。

民間の検査会社に髪の毛のサンプルを送り、鑑定を依頼した。念のためにふたつのべつな会社に送った。その時点ではまさか、公安が自分のところに届いた結果を盗み見ることまでは頭が回らなかった。そうとわかっていたら偽の名前で私書箱を設置しただろう。

ただ、結果には氏名など記されていない。記号だけだ。だから盗み見た公安も、何のことだかわからなかった。

送ったのは初音の物も含んだ四種類の検体だ。

結果は、ＡとＤ、ＢとＣがそれぞれ親子の可能性が極めて高いということだった。

誰がＡで誰がＢかは乃井だけが知っている。

今、この瞬間もそうだ。

それをこれから初音に話そうとしている。

「渕村千穂と名乗っていた女性とあなたが親子ではないことはいったわね。あの女性は、一緒に死んでいた女の子とは実の親子だったわ」

乃井は初音にいう。初音はじっと乃井の顔を見たままうなずきもしない。渕村千穂と名乗っていた女性が、本当にその名前だったのかどうかは自分にはわかりようがない。おそらく違うのだろう。だから初音と親子でないのは当たり前だ。

「あの父親、複数の国に情報を売っていた謎の日本人の男は、連れ子のいる女性と一緒に住んでいたのね。子どもはあの男の子ではなかったわ」

そうなればもう、残った答えはひとつしかなかった。夫婦役を演じていたふたりが親子関係にあるはずがない。

「あの男はあなたと親子関係にあったの。あなたの父親だったのよ」

初音の目は依然として乃井の顔を見つめていたが、意識はどこかべつなところへいっているように見えた。

乃井ももちろんその意味について考えた。長い間考え続けた。

その結果得られたのはこういう筋立てだ。

あの外国に情報を売っていた男は、二十一年前、べつな女に初音を産ませたのだ。そしてそのとき産院で取り違えが起きた。おそらく生まれた日がほぼ同じで、赤ん坊を隣り合わせに寝かせておいたりした時間があったのだ。寝かせた人間と、後から来て取り上げた人間がべつな人間だったとしたら、充分に起こり得る間違いだ。実際、赤ん坊の取り違えは各地で起きている。

そのときの母親の本名が渕村千穂だったのかどうかはもうわからない。わかりようのないことだった。少なくともその時点ではそう名乗っていた。

その後、どこかの時点で母子はべつなふたりと取り換えられた。にもかかわらず渕村千穂という名前は使われ続けたのだ。

もしも赤ん坊の取り違えが起こらなかったとしたら、初音は実母と一緒に存在を消されていた。少なくとも日本からはいなくなっていただろう。

「黙っていてごめんなさい」

乃井は初音に謝った。どんな結果であれ、初音は知りたかったに違いない。乃井としてはとにかくこの事実を公安に知らせてはならないと思っていた。そうなればターゲットだった男の娘として公安は初音だけをつけ回すことになる。いわなければ自分と初音をマークするだろう。後者の方がましだと考えた。

そして何より、高校生だった初音にこんなことを教えたら、どこかへ行ってしまう気がしていた。自分のもとから初音が去ってしまう。それが耐えがたかった。

だから初音にいわなかった最大の原因は彼女を守りたかったことじゃない。自分のエゴのためなのだ。

初音は黙ったまま窓の外へ目をやった。

窓外ではあたたかそうな日差しが街に降り注いでいる。かなり遠くまで見渡せた。ある程度の大きさがある病院では、病室は必ず上の方にある。入院患者が折に触れて遠くを見られるようにしてあるのだろう。遠くを見ることはストレス軽減につながり、リラックス効果が得られることが知られている。痛みが実際に軽減するという報告すらある。

黙っているとガラス越しにどこかの工事の音が聞こえてくる。都内というところは、ほとんど四六時中どこかで工事をやっているのだ。

外を見つめたまま初音がいった。

「わかった。もう行っていいよ」

「初音――」

「行って」

4

一週間がすぎた。

乃井はゆかりとふたりで毎日働いていた。あれから二件の浮気の調査依頼がきた。ゆかりもてきぱきと働く。

初音がいないことをどちらも口にしなかった。乃井に関していえば、できなかった。とうに退院しているはずだが連絡はない。乃井も仕事に集中した。

「――この武藤って男は車を使って郊外で女と会っているわ。追跡にレンタカーが必要ね」

「予約しておきます」

「あとこっちの倉西の方は、会社を出るところからついて行かないと。どこで誰と会うのかまだわかっていないから」

「こっちはちょい長期戦になりそうですね」

毎日打ち合わせをし、忙しく動き回る。浮気の調査は夕方からがほとんどだ。そこから長ければ夜中までの監視になる。だから事務所でゆかりと会うのは昼間だった。そこで前夜の結果を照らし合わせ、報告書を作成し、今後の方針を決める。

せっせと浮気する男たち。女性も増えたとはいえ、やはり浮気するのは男の方が圧倒的に多い。浮気された女の方だって黙っていない。別れるにしても少しでも自分に有利な条件をつかみ取ろうと奮闘する。浮気相手の女にもしたたか者がいて、取れる利益の額《タカ》を上げるべく果敢に挑んでくる。何にせよ生きていくことは戦いなのだと思い知らされる。

どの立場の人間が依頼してくるかで乃井たちの向く方向も変わる。政治的意見を持たないよう徹している記者が仕事によっていろいろな政党を取材対象にするようなものだ。浮気相手の女からの依頼で男の妻の方の浮気を見つけ出すこともある。誰がどれくらい正しいかは自分たちが決めることではないのだ。考える必要もない。

乃井は最近、眠れない日が多くなった。うとうとするだけですぐに目が覚めてしまい、そのまま朝まで一睡もできなかったりする。少しの物音が気になって眠れなくなったりする。

ぽっかり空いた午後のひとときも、乃井は奥の自分の部屋に引っ込み、アイマスクとヒーリング用の音楽をかけたイヤホンをつけてベッドに横になっていた。ゆかりは報告書を打っている。覚醒と半覚醒の間を行ったり来たりしているうち、いつしか死について考えていた。最近多いのだ。これも眠れないせいだろう。

自分が死ぬとき、そばにいるのは誰だろう。知っている誰かか、知らない誰かなのか。考えても仕方ないことだ。だいたい、最後だけ誰かがいてくれたとしたって、それで幸せな人生だったと決定できるのか。そんなこともあるまい。

人生百年時代といわれている。平均ですら八十を超えた。平均寿命というのは、その年に生まれた赤ん坊がどれくらい生きるかという概算値だから自分には当てはまらないかもしれないが、普通に生きればまだまだ時間はある。

八十年といえばやはりそれなりの長さだ。世の中のいろんな物事が相当変わる。その点で今の年寄りは可哀そうだと思う。少し前の世代と比べて人生終盤の変化が急激すぎるのだ。パソコンと携帯電話だけなら触らずにすまされただろうが、今やスマホがあらゆるものを支配してしまった。八十代でいろんなアプリを使いこなしている人なんてほんの一握りだろう。年寄りが外出を控えるようになったのは感染症のせいもあるだろうが、ちょっとした買い物をするにしても決済方法を尋ねられたりするのがわずらわしい、よくわからないというのもあるのではないか。

あの犯人だって、決済時のトラブルが犯行のトリガーになったんだし。

「所…っ、……が来ましたよー」

いつしかうとうとしていたらしい。ゆかりの声が音楽に重なった。乃井は目を開けた。

「ほら、所…、所長！……が来たんですって！」

興奮してドアをがんがんノックしている。

何よそんなに慌てて。

イヤホンを外し、上体を起こす。はずみのついた体がそのまま前にのめりそうになる。両手で髪を触る。鏡はどこかと見回す。一体自分はどうしてしまったのか。

「ほら早く早く！　所長、起きてるんでしょう。恥ずかしがることないじゃないですかーっ」

元気いっぱいのゆかりの声が響く。久しく聞いていなかった大声だ。

頬を何かが伝い落ちた。触ると指先が濡れる。バカ、泣くなよ。

涙を拭いて、顔をいつもの無表情にし、乃井はドアに向かう。

（了）

本作品はフィクションであり、登場人物・団体名等は全て架空のものです。実在する人物・団体とは一切関係ありません。

《参考文献》

『パルクール～Parekour The Art Of Moment［DVD］』　ティー・オーエンタテインメント
『公安警察の手口』　鈴木邦男、ちくま新書
『公安は誰をマークしているか』　大島真生、新潮新書
『探偵の技法』　大沢和己、イースト・プレス

◎論創ノベルスの刊行に際して

本シリーズは、弊社の創業五〇周年を記念して公募した「論創ミステリ大賞」を発火点として刊行を開始するものである。

公募したのは広義の長編ミステリであった。実際に応募して下さった数は私たち選考委員会の予想を超え、内容も広範なジャンルに及んだ。数多くの作品群に囲まれながら、力ある書き手はまだまだ多いと改めて実感した。

私たちは物語の力を信じる者である。物語こそ人間の苦悩と歓喜を描き出し、人間の再生を肯定する力があるのではないか。世界的なパンデミックや政情不安に覆われている時代だからこそ、物語を通して人間の尊厳に立ち返る必要があるのではないか。

「論創ノベルス」と命名したのは、狭義のミステリだけではなく、広義の小説世界を受け入れる私たちの覚悟である。人間の物語に耽溺する喜びを再確認し、次なるステージに立つ覚悟である。作品の刊行に際しては野心的であること、面白いこと、感動できることを虚心に追い求めたい。

読者諸兄には新しい時代の新しい才能を共有していただきたいと切望し、刊行の辞に代える次第である。

二〇二二年一一月

安萬純一（あまん・じゅんいち）

東京生まれ。神奈川県在住。2010年『ボディ・メッセージ』にて第二十回鮎川哲也賞を受賞しデビュー。ほかの作品に『滅びの掟　密室忍法帖』『星空にパレット』『王国は誰のもの』『青銅ドラゴンの密室』『モグリ』等。

乃《の》井《い》探《たん》偵《てい》社《しゃ》は今日《きょう》も倫《りん》理《り》観《かん》ゼロ　〔論創ノベルス013〕

2024年6月20日　初版第1刷発行

著者	安萬純一
発行者	森下紀夫
発行所	論創社 〒101-0051　東京都千代田区神田神保町2-23　北井ビル tel. 03（3264）5254　fax. 03（3264）5232　https://ronso.co.jp 振替口座　00160-1-155266
装釘	宗利淳一
組版	桃青社
印刷・製本	中央精版印刷

ISBN978-4-8460-2402-4